大河の剣（三）

稲葉 稔

角川文庫
22682

目次

第一章　敗北

一

嘉《か》永《えい》六年（一八五三）十二月八日——。

師《し》走《わす》の江《え》戸《ど》はなにかとせわしない。借金取りが走りまわれば、ためた店賃《たなちん》をどうにかして踏み倒そうという長屋住まいの者もいる。

正月を前に煤《すす》払いが行われ、餅《もち》がつかれ、神棚が清められ、年木《としぎ》が採られる。

そして、町屋の軒先や屋根に「揚げ笊《ざる》」を飾ってある店が見受けられる。

これは一種の魔除《よ》けで、一年の幸を祈る風習で「お事汁」を食べる。吉原《よしわら》では遊女が必ず客を取らなければならない「物日」でもある。

これらのことを江戸では「お事始め」と呼んでいた。

北辰一刀流《ほくしんいっとうりゅう》の玄武館《げんぶかん》道場では、その年最後の大試合が行われていた。技量優秀な者には目録が授けられるから、参加する門弟らの目は輝いていた。また、誰が玄武館でもっとも強いかがわかるのもこの日である。

大試合にはお玉《たま》ヶ池《いけ》と鍛冶《かじ》橋の道場の門弟が参集するのだが、玄武館の門弟は優に三千人を超える。お玉ヶ池道場の敷地面積は約七百坪で、道場は八間四方である。とても三千人を超える門弟を集めるのは無理だ。

そこで、お玉ヶ池道場と鍛冶橋道場は事前に試合を行い、参加できる門弟を決めていた。また、黒船が年明け早々にも再来航するという情報もあり、沿岸の警備にあたる諸藩の門弟は参加できずにいた。

相模《さがみ》の警備は熊本藩・萩《はぎ》（長州《ちょうしゅう》）藩、本牧《ほんもく》を鳥取藩、羽田《はねだ》と大森《おおもり》を彦根《ひこね》藩、品川《しながわ》は川越《かわごえ》・会津《あいづ》・忍《おし》の各藩、安房《あわ》と上総《かずさ》は岡山藩と柳川《やながわ》藩、生麦《なまむぎ》と鶴見《つるみ》を明石《あかし》藩、羽田沿岸を徳島藩、大森は松山《まつやま》藩、品川御殿山《ごてんやま》に金沢《かなざわ》藩、高輪《たかなわ》を津山《つやま》藩、芝《しば》沿岸を福井藩、深川《ふかがわ》と洲崎《すざき》は桑名《くわな》藩、鉄砲洲《てっぽうず》と佃《つくだ》島は姫路《ひめじ》藩、そして高松《たかまつ》藩が不測の事態が起きたときの援軍となっていた。

玄武館にはそれらの藩の門弟が多数いる。結句、その日、お玉ヶ池道場の大試合に臨むのは百人であった。全員が道場に入ることはできないので、試合の順番が来るまで門弟たちは表で待たされた。さらに道場玄関や窓には、見物の門弟たちが張りついている。

空からその様子を俯瞰《ふかん》すれば、おそらく道場にたかる蟻の如しである。

試合は五つ（午前八時）過ぎからはじめられており、道場にひびきわたる気合いと竹刀のぶつかり合う音、床板を踏む音、そして勝敗を見極める検分役の声が繰り返し重なっていた。

検分役は千葉周作《ちばしゅうさく》の三男・道三郎《みちさぶろう》とかつての四天王の一人・庄司弁吉《しょうじべんきち》が務めていた。

道場上座の見所《けんじょ》には、玄武館お玉ヶ池道場の当主・千葉奇蘇太郎《きそたろう》、鍛冶橋道場の千葉重太郎《じゅうたろう》、周作の四男・多門四郎《たもんしろう》、そして千葉定吉《さだきち》の次女・佐那《さな》が座っていた。

「きえー！」

出水田《いずみだ》という門弟が、右片手打ちの面を放った。

吉山《よしやま》という対戦者は腰を落とすなり、胴を抜きに行くが双方決めることができず立ち位置を変えただけになった。

互いに間合いを詰めながら隙を窺《うかが》い、出水田が中段から上段に竹刀を移せば、吉山は中段のまま右にまわる。

長い試合となり、両者は息が上がっていた。

吉山がさっと摺《す》り足を使い突きを送り込んだ瞬間だった。出水田が床板を蹴《け》って上段から唐竹割りの一撃を見舞った。

バシッと竹刀が脳天をたたく音がひびいた。

「それまで！」

検分役の道三郎が判定を下した。

出水田の勝ちである。

「つぎ、柏尾《かしお》馬之《うまの》助《すけ》、桜井正次郎《さくらいしょうじろう》。前へ」

呼び出すのは検分役の庄司である。

玄関そばで順番待ちをしていた山本大河《やまもとたいが》は、さっと道場中央に進み出る馬之助に目を注いだ。十三歳で千葉定吉の内弟子になり、定吉が鳥取藩に召し抱えられたあとは大河と同じ鍛冶橋道場で稽古《けいこ》に励んでいる。

大河は馬之助を稽古相手に選ぶことが多く、腕のたしかさをよく知っていたし、三つ下の馬之助を弟のように可愛がっていた。

（馬之助、しっかり）

大河は桜井と竹刀を合わせて立ち上がった馬之助を見つめる。

庄司の「はじめ」の声で、両者は同時に「きえーィ！」と気合いを発した。馬之助がゆっくり前に出る。相手も詰めてくる。

馬之助がツツッと前に出た。剣尖《けんせん》を持ち上げ、後ろ足の踵《かかと》を上げた瞬間、竹刀がまっすぐ伸びた。

「たぁッ！」

勝負は一瞬で決まった。馬之助の突きが見事決まったのだ。相手は何もできず、呆気《あっけ》にとられた顔をしていた。

勝負技を見た大河は、頬をゆるめ、うむうむと納得するようにうなずいた。

「あやつ、やるな」

大河の近くで待機していた門弟が囁《ささや》き声で言った。

「柏尾馬之助という鍛冶橋の門弟だが、定吉先生の内弟子をやっていたと聞いている」

別の門弟が答えている。

「まだ若いな」

「十六歳だ」

大河は話をしている門弟に顔を向けて教えてやった。

「十六……侮れぬな」

三十過ぎとおぼしき門弟は感心顔をした。

試合はつぎつぎと進められ、負けた者はすぐに道場を出なければならないから、次第に道場内がすっきりしてきた。

馬之助が勝ってから六番目に、大河が呼ばれた。

「山本大河、氏家半兵衛《うじいえはんべえ》。前へ」

二

対戦者の氏家半兵衛のことを大河は知らなかった。いかほどの腕であるか、どんな技を使ってくるのかさえわからない。

だが、いまの大河に迷いはなかった。相手が誰であろうと、

（打ち倒す）

という気概が強い。

日本一の剣術家を目ざす大河に足踏みなどしている暇はなかった。胸底にあるのは、今日は玄武館で一番になるということだった。

道場中央に進み出たとき、検分役の道三郎と目があった。視線を交わしただけだが、道三郎が自分に期待をしているのがわかった。

「はじめッ」

道三郎の声で、大河は立ち上がった。氏家が雄叫《おたけ》びのような気合いを発した。大河はわずかに遅れて、「さあッ！」と、相手を誘うような気合いを発した。

道場はしんと静まりかえっている。磨き上げられた床板が、武者窓から射し込む外光を照り返している。

面のなかにある大河の双眸《そうぼう》は、相手をしっかり捉《とら》えている。すうっと息を吐き、前に出る。剣尖をゆらゆら揺らす鶺鴒《せきれい》の構え。北辰一刀流独特の構え方である。

相手はなかなか出てこない。大河は竹刀を右に移し、わざと脇を開けてやった。

相手の目がヒクッと動いた。だが、打ち込んでこない。

（ならば……）

大河は前に出た。すると、相手はまわりこんで逃げる。

大河は逃がさじと追い込んでいく。道場の端に来たとき、氏家がたまりかねたように打ち込んできた。体をひねってあっさりかわす。氏家が下がる。

大河はかまわず前に出て「突き、突き」の二段突きを見舞った。

「とーッ」

突かれた氏家が一間ほど飛んで後ろに倒れた。同時に面が外れて、口から泡を吹いていた。

「それまで！」

検分役の庄司が大河の勝ちを認め、

「誰か介抱をしろ」

と、命じた。

即座に数人の門弟が氏家に駆け寄り半身を抱え起こした。

氏家は気を失っていたようだが、頰をはたかれて意識を取り戻した。

勝った大河は道場の下座に腰を下ろし、そのままつぎの試合の見学にまわった。

昼近くになって柏尾馬之助がまた試合を行った。相手はやはりお玉ヶ池の門弟だった。

馬之助は齢《よわい》十六歳にしては落ち着いていた。中背で痩《や》せ型。あどけない顔をしているがいざ試合となると相手を圧倒する眼光を放つ。

馬之助は返し技の胴抜きを決め、順当に勝ち進んでいった。

大河もつぎの相手を出端技《でばなわざ》で負かし、三人目には千葉栄次郎《えいじろう》譲りの右片手上段からの打ち込みで勝った。

正午に休憩が取られたときには、二十人の門弟しか残っていなかった。玄関と道場まわりは見物の人だかりで、最後に誰が残るのかと興味津々の顔をしていた。

休憩中は誰もが持参の弁当を開いた。大河のそばに馬之助がやってきて、

「山本さん、やはり強いですね。見ていて楽しいです」

と、にきび面を微笑ませた。

「楽しい……」

大河は飯を頬張って馬之助を見た。その日の弁当は、新両替《しんりょうがえ》町二丁目にある乾物問屋吉田《よしだ》屋からの差し入れだった。

徳次《とくじ》という吉田屋の次男坊は、鍛冶橋道場の門弟で大河に懐いており、また吉田屋の主《あるじ》は質《たち》の悪い香具師《やし》に嫌がらせをされた折、大河が相手と話をして穏便にすませてやったことがあるので、何かと気を配ってくれる。

「山本さんがどんな技を使うのか、見るのが楽しいんです」

「ふむ。おれの技を盗もうという腹か」

「盗みたいです。盗んで自分のものにしたいです」

馬之助は飾り気のない男で、相手に嫌みを感じさせない。

「では盗まれぬようにしなければな」

大河は冗談まじりに言って弁当を平らげた。

半刻《はんとき》後、再び試合がはじめられた。

今度は東軍と西軍にそれぞれ十人ずつに分けられての試合となった。

大河は相手の竹刀を左右に払い、隙が見えた一瞬を逃さず、小手を打って勝った。

驚いたのは馬之助も小手を打ちに来た相手に面を見舞って勝ったことだ。見事な返し技に、大河は内心でうなった。

ついに残りは十人になったが、そのなかに馬之助も入った。しかし、これからが本番であった。

残った十人は誰もが侮れない練達者である。

大河が注意の目を向けるのは、同門の馬之助は別にして、鍛冶橋で臨時の師範代を務めている栂野《つがの》貫太郎《かんたろう》、そしてお玉ヶ池の小泉直三郎《こいずみなおさぶろう》と小田部藤十《おたべとうじゅう》だった。

小泉も小田部も水戸《みと》藩士で、江戸勤番中はお玉ヶ池で、水戸に戻ったときには弘《こう》道館《どうかん》において周作や栄次郎の指導を受けている油断ならぬ相手であった。

馬之助はその小田部藤十にあっさり負けてしまったが、大河はお玉ヶ池の坂部《さかべ》銀《ぎん》蔵《ぞう》が打ち込んできた一撃を右へすり上げて体勢を崩させ、同時に面を打って勝負を決めた。

残り五人になったところで、短い休憩が入れられ、見所に座っている二代宗家の奇蘇太郎と重太郎が何やら相談をはじめた。

窓際に座って待つ大河は、呼吸を整え、気持ちを落ち着かせることに努めた。目をつむり無心の境地になろうともした。

残りは大河以下、桐野貫太郎、小泉直三郎、小田部藤十、島村洋之助《しまむらようのすけ》だった。小泉と小田部はお玉ヶ池道場の者だ。

日が翳《かげ》って道場が薄暗くなった。八つ（午後二時）はまわっているだろうが、まだ日は長い。おそらく雲が日を遮ったのだ。

表から鵯《ひよどり》の鳴き声や、目白のさえずりが聞こえてくる。窓は見物の者たちの顔で埋まっている。

やがて見所での話し合いが終わり、試合進行の説明があった。

まず、小田部藤十と島村洋之助。その勝者が、桐野貫太郎と対戦することになった。大河の対戦者は小泉直三郎だった。

「まずは山本と小泉からはじめる」

道三郎が道場中央に進み出て言った。

三

試合がはじまった。

蹲踞《そんきょ》の姿勢から立ち上がった大河は面越しに、対戦者の小泉直三郎の双眸を凝視した。小泉も負けじとにらむように見返してくる。

じりじりと間合いを詰める。ここまで勝ち進んできた相手である。一瞬の油断もならなかった。道場は水を打ったように静まり返っている。

互いに鶺鴒の構え。間合い二間から一間。いつでも打ち込める距離である。だが、小泉は隙を見せない。無論、大河も隙を見せない。

大河は相手に呼吸を読み取られないように静かに息を吐く。まばたきもせずに、爪先で床を掻《か》くようにして前に出る。剣尖《けんせん》をぴくりと持ち上げる。

小泉の後ろ足の踵《かかと》が下ろされた。その瞬間、大河は面を狙って打ち込んだ。首を捻《ひね》ってかわされ、すぐに小手を返されたが、鍔《つば》元で受けて撥《は》ね返した。

トトトッと、小泉が下がる。体勢を崩していた。大河はその隙を見逃さず、送り足を使って突き突きと、二段突きを見舞った。小泉が慌てて横に逃げようとした刹《せつ》

那《な》、

「胴ッ！」

大河は一気に前に出るなり、小泉の脇をすり抜けて胴を決めていた。

ほう、と周囲から驚きとも感嘆とも取れる声がさざ波のように広がり、

「それまで！」

と、検分役を務める道三郎の声が上がった。

つぎは小田部藤十と島村洋之助が立ち合った。

島村は大河と同じ鍛冶橋道場の門弟で土佐《とさ》藩士だった。同門ながら手合わせをしたことも、稽古《けいこ》をしたこともなかったが、大河はいかほどの腕があるかは知っていた。それにしても、ここまで残るとは思っていなかったので意外であった。

小田部が先に打って出た。島村が受け流して返し技を使うが、それをまた返された。竹刀がカチャカチャと触れ合い、両者はパッと跳びしさった。

島村が右へまわりながら間合いを詰めようとした瞬間、小田部の繰り出した竹刀が見事小手を打った。

そこまでと、庄司の片手が上がり、小田部の勝ちが決まった。

つぎはその小田部と栂野貫太郎である。大河は栂野を観察するように見た。同じ

鍛冶橋の門弟であり、ときどき重太郎に代わって門弟の指導にあたっている男だ。その腕は大河もよく知るところである。

（桐野さん、しっかり）

大河は胸中で呼びかける。我知らず拳《こぶし》をにぎり締めていた。

小田部は島村と立ち合ったばかりで呼吸も整っていないだろうし、朝からの試合で疲れもあるはずだ。桐野に分があるはずだった。

しかし、勝負はあっさりついた。試合がはじまったとたん、桐野の面打ちを小田部が引き入れるように外し、そのまま小手を斬り落とすように決めたのだ。

あっという間のことで、桐野はしばし呆然《ぼうぜん》としていた。勝った小田部は平然とした顔で自分の席に戻り、面を外して汗を拭《ぬぐ》った。

大河の相手はその小田部になった。勝てば玄武館の頂点に立てる。にわかに胸の鼓動が高鳴ってきた。落ち着けと、おのれに言い聞かせる。

「山本、小田部、支度が調ったら前へ」

道三郎が静かに二人をうながした。

普段は「大河」と呼び捨てにする道三郎だが、こういったときには姓を呼ぶ。

先に大河が道場中央に進み出て、小田部を待つ恰好《かっこう》になった。やがて小田部がゆっくり出てきた。立ち合いの間合いになると、両者は見所に向かって一礼し、互いに礼をする。

道場に一瞬の静寂――。

窓に張りついて見物する者たちは、誰もが固唾《かたず》を呑《の》んだ顔をしていた。

互いに三歩踏み出して蹲踞をすると、竹刀を前に出し、そのまま立ち上がって中段の構えを取り、剣尖を下げながら互いに五歩引く。

「はじめッ！」

検分役庄司の気合いの声が道場にひびいた。

大河は中段に構えてゆっくり前へ出る。小田部も詰めてくる。背は大河のほうが三寸ほど高い。いまや五尺九寸（約一七九センチ）になっていた。それに子供の頃から野山を駆けめぐり、自分の膂力《りょりょく》に見合わない重い木刀を振りまわしてきたせいか胸板は厚く、腕にも足にも隆とした筋肉がついている。

対する小田部は撫《な》で肩で細身の男だ。色白の面長はひ弱さを感じさせるが、技の切れ味は鋭く、身のこなしが速い。

「おりゃあッー！」

大河は裂帛《れっぱく》の気合いを発した。

小田部は無言だ。そのままじりじりと間合いを詰めてくる。

大河は小田部の様子を見た。上半身に無駄な力が入っていない。それにきれいな構えだ。隙がない。

（なるほど）

大河は小田部の力量をあらためて思い知った。だが、負けるわけにはいかない。先に仕掛けようとしたが、その瞬間、出端技《でばなわざ》を使われそうだった。自然に足が下がる。

竹刀を持つ右手の力を抜いて添えるだけにする。息を吐いて吸う。

小田部が出てきた。同時に剣尖が上がった。大河は突きを送り込もうとしたが、面を狙われているのを察知し、横に動いた。

同時に小田部が激烈な勢いで打ち込んできた。右面左面、さらに右面から脳天への一撃。

だが、大河はことごとく竹刀をそらしてやった。それも一切竹刀に触れずにだ。

これは間合いを見切ったかわし方で、「音無しの剣」を使う高柳又四郎《たかやなぎまたしろう》から盗んだのだった。大河はその高柳に勝っている。

だが、小田部は休まず仕掛けてきた。胴を抜くと見せかけての突きから、面打ち。さらに面から小手へと休むことがない。

攻められる大河は下がるしかなかった。大きく間合いを取り、丹田《たんでん》に力を入れて前に出る。今度は先に打っていった。

剣尖をそらされ、小手が飛んできた。あわやのところで避けて、突きを送り込むと、逆に突きが飛んできた。

大河は一瞬ひやりとして下がり、間合い一間で、相手の出方を待った。小田部も動かずにいる。前に出ようとして出られなくなった。

小田部も隙を見《み》出《いだ》せないのか出てこない。

道場に二つの動かぬ石像が立っているようなものだった。窓から射し込む光が、二人の影を長くしていた。

すっと、大河が前に出た。牽制《けんせい》の突きを送り込むが、小田部は引っかからない。逆に胴を抜きに来た。

「きょえーッ！」

小田部の甲高い気合いが道場にこだます。

大河は面を打ちにいった。瞬間、小田部の体が寄せられていた。突き放そうとした瞬間、足払い。

虚をつかれた大河は思わず尻餅《しりもち》をついた。

起きあがろうとするところに、小田部の唐竹割りの一撃が眼前に迫った。大河は俊敏に動き、跳ねるように立ち上がって竹刀を構え直したが、その瞬間小手に衝撃があった。

「おりゃあー!」

小田部の竹刀が大河の小手を打っていた。

「それまでッ」

道三郎の手が上がった。

四

年が明けた嘉永七年(一八五四)の江戸の正月は騒然としていた。

例年のような穏やかさはなく、江戸勤番の諸藩の士が、毎日往来を行き来していた。それも、槍《やり》や鉄砲を携えた具足姿という物々しさだ。

黒船再来航に備えての沿岸警備のためである。

品川沖には昨年九月から築造工事が行われていた台場が三つ完成しており、それぞれの台場には川越・忍・会津の各藩が守備につき大砲を設置していた。

当然、江戸の市民もそのことを知っていたが、何ができるわけでもない。普段のように過ごすしかなく、穏やかに事が治まるのを祈るばかりだった。何も知らない子供たちは独楽《こま》をまわしたり、凧《たこ》を揚げたりして無邪気な笑顔を見せていた。

新年を迎えた大河であったが、気は晴れないままだった。

玄武館の頂点に立つのだという強い信念を持って、暮れの大試合に臨みはしたものの、最後に小田部藤十に負け苦汁《くじゅう》を嘗《な》めるという結果になった。

もう少しで、もう手の届くところにあった栄光の座は、するりと手からこぼれてしまった。

大河は負けたあの一瞬のことを忘れることができなかった。

(不覚を取った)

という悔しさは年が明けても晴れないままだった。

だが、結果は結果であり、どうすることもできない。

稽古《けいこ》熱が一時冷め、試合後にはしばらく道場に顔を出さなかった。出稽古をつけている竹熊《たけくま》道場と神尾《かみお》道場にも、もっともらしい理由をつけて通っていなかった。

試合後に柏尾馬之助が顔をほころばせながら、

「大目録をいただきました」

と、報告に来たときには、可愛がっている後輩だけに、

「よくやった。おぬしがあそこまで勝ち抜くとは思いもいたさなかった。天晴《あっぱ》れであったぞ」

と、喜びを分かち合ったが、それも束の間のことだった。

情けないのは自分の最後の負けである。いまさらやり直すことなどできないが、とにかく悔しさが腹のなかでとぐろを巻いているのだった。

そんなある日、道場から使いがやってきて千葉定吉の家に呼ばれた。定吉は昨年四月に鳥取藩に召し抱えられ、撃剣指南役に就いているが、正月の休みをもらったらしく、自邸に帰っていたのだ。

「大河、残念であったな」

年賀の挨拶《あいさつ》をしたあとで、大河はそんなことを定吉に言われた。もちろん暮れの試合のことだとわかる。

「……悔しくてなりません」

大河は両膝《りょうひざ》をにぎり締めて唇を噛《か》む。

「まあ、気持ちはわからぬでもない。だが、惜しいところまで行ったのはたしかだ。重太郎、そうであろう」

定吉はそばに座っている長男重太郎を見る。その座敷には佐那と栂野貫太郎の顔もあった。

「試合は時の運もありますからね」

うまそうに酒を飲んで言う重太郎を、大河はにらむように見た。それに気づいたのか、重太郎が言葉をついだ。

「負けてよかったかもしれぬ」

大河はこめかみをヒクッと動かした。

「そうだな。いい薬になったかもしれぬ」

定吉もそんなことを口にして言葉を足した。

「負けた悔しさを糧にしてまた鍛錬する。それが大切なことだ。大河の思いはわからぬでもないが、いま玄武館のてっぺんに立ったら思い上がり、気持ちに驕《おご》りができたかもしれぬ。いやいや、ままあることよ。しかし、いまのおぬしの気の持ちようでは、小田部藤十ともう一度やっても勝てぬだろう」

大河はくわっと目を見開いた。

「わたしもそう思いますわ。でも、大河殿……」

佐那がまっすぐな目を向けてきた。普段なら正視できない大河だが、このときは佐那の視線を素直に受けた。

「あなたの精進は日頃より知っていますが、上達の早さには舌を巻いています。道場に来てまだ四年しかたっていないのですよ。何年稽古を積んでも初目録をもらえない人も多いのです。それなのに大河殿は、もう玄武館の五本の指に入っています。いえ、三本の指。だから三羽烏《さんばがらす》と言われてもよいかもしれませんわ」

佐那はにっこり微笑んだ。

北辰一刀流は「初目録」「中目録免許」「大目録皆伝」の三段階しかない。初代宗家である周作が簡明化したのである。

慰めとも励ましとも取れる佐那の言葉ではあったが、大河は素直に喜べなかった。小さくうなずき、酒を嘗めるように飲んだ。

「先の試合で目覚ましかったのは馬之助である」

重太郎が話題を変えた。

柏尾馬之助は十三歳で定吉の内弟子となり、わずか三年で大目録皆伝を手にしている。先の試合でその実力を目の当たりにした大河も、馬之助の上達ぶりには驚嘆するしかなかった。

一同はしばらく馬之助の話をし、黒船が再来航するという話を短くし、また暮れの大試合の話に戻ったが、

「拙者は暮れの試合はともかく、山本が練兵館《れんぺいかん》の斎藤《さいとう》殿に勝ったことに驚きました。何しろ相手は〝鬼歓〟と呼ばれる練達者です」

重太郎がまたも話を転じた。

「うむ、さようなことがあったな。この目で見てはおらぬが、道三郎から話を聞いてなかなかこれはどうしたことだと驚いた。そのとき大河、おぬし怪我をしておったそうだな」

定吉に言われた大河は、ハッとした。

あの試合前に、何者かに襲われ、たしかに怪我をしたのだ。それでも大河は怪我を隠して斎藤弥九郎《やくろう》の三男歓之助《かんのすけ》に勝利した。

大河は唇を嚙んだ。試合に同行してくれた道三郎は、自分の怪我に気づいていたのだと、いま初めて知った。それでも道三郎は何も言わずに大河の勝ちを喜んでくれた。

（これはしたり）

と、胸中でつぶやいた大河は、道三郎の思いやりにあらためて感謝した。

「右腕の怪我を押しての立ち合い、よくやりました」

そう言ったのは栂野だった。

大河は心中で「うん？」となり、栂野を見た。

なぜ、この人は右腕の怪我を知っているのだと思った。道三郎から聞いたのか？
だが、よくわからなかった。

酒が進むと定吉は、また黒船に備えて幕府がどのような動きをしているかを話した。鳥取藩士となった定吉は、幕府と諸国大名家のことに詳しくなっているようだ。

大河にとってあまり興味ある話ではないので、酒を飲み、煮染《にし》めや鯛《たい》の塩焼きなどをつまみながら、栂野が自分の怪我を知っていたことに思いをめぐらしていた。

そのうち、はたと気づくことがあった。斎藤歓之助と試合をする直前に、大河は栂野と地稽古をした。そのとき、執拗《しつよう》に右腕をたたかれたことがある。

さらにその夜、何者かに襲われ右腕を斬られた。

そうだ、吉田屋の徳次が言った言葉も思いだした。徳次は栂野が、自分のことをいけ好かぬとか、出る杭《くい》は早めに打つべきだと言ったとこっそり告げてくれた。

襲撃者は栂野ではないだろうが、

（この人は何か知っているのだ）

と、重太郎と談笑している栂野の横顔をにらんだ。

五

栂野への不審感は募ったが、自分を襲った男だとする証拠は何もなかった。道三郎が自分の怪我に気づいていたとしたら、栂野にそのことを話したかと聞きたかったが、道三郎にはなかなか会う機会がなかった。

大河は暮れの悔しさを忘れたわけではないが、徐々に以前の落ち着きを取り戻してきた。同時に鍛冶橋の道場へも通い、生計を立てるためにはじめた出稽古《でげいこ》にも行くようになった。

どこから噂を聞いたのか知らないが、出稽古先の竹熊道場では、

「先生は玄武館で一、二を争う人だったのですね」

と、尊敬の眼差《まなざ》しを向けてくる者や、

「いやいや、先生が玄武館の五本指だと聞き、頼もしいかぎりです」

と言う者もいた。

それはもう一軒の出稽古先、神尾道場でも同じだった。大試合で最後まで残った大河の評判は、本人の知らないところで広がっているようだった。しかし、そんな評判や噂も、黒船の再来航であっという間に忘れ去られた。

「黒船だ！　黒船が来たぞ！」

裸足《はだし》で往来を駆ける瓦版屋《かわらばん》がいれば、竹槍《たけやり》や棍棒《こんぼう》を持って長屋を飛び出して江戸湾に駆けていく者もいた。

江戸城からは騎馬武者につづく、徒《かち》衆や鉄砲衆がいた。また諸国大名家の表門も開き、ぞくぞくと家士たちが江戸湾に向かって駆けていった。

昨年ペリーは四隻の船で来航したが、今回は七隻を率いて江戸湾金沢沖に姿をあらわした。

一月十六日のことである。

浦賀《うらが》奉行は早速、小舟を出して交渉を開始したが、これには日数を要した。浦賀奉行はいちいち幕府幕閣にお伺いを立てなければならないからだ。奉行の知らせを持った早船と飛脚が同時に浦賀を発《た》つが、返答は数日を待たねばならなかった。

ペリーは業を煮やし、品川沖まで侵入し、航行に支障がないかを調べるために江戸湾の測量をはじめた。

黒船を確認した沿岸警固の者たちは、いざというときに備え、攻撃の準備をはじめた。据え付けた砲門を海上の黒船に向け、海岸に並べた舟には鉄砲を携えた藩兵が乗り込んだ。

「はやまるな、はやまるでない。待て、待てィ！」

大声を発しながら馬で駆けるのは、幕府重臣から命令を受けた使者であった。

「上意である！　上意でござる！　はやまってはならぬ！」

使者は声を張り上げて、江戸湾沿岸を疾駆した。

江戸は沿岸を中心に緊張感を孕《はら》んだ空気に包まれたが、それも日がたつにつれ庶民の気はゆるみはじめた。

そうは言っても噂好きの江戸雀がいろいろな話を流した。

やれ、戦がはじまる。黒船が江戸を攻撃する。軍艦が江戸の海に大挙して押し寄せるなどといったことだった。

しかし、不安の裏返しで開き直ったことを言う者もいた。たかが黒船ごときに脅される将軍様ではない、幕府は強いのだ。列強の大名家がしっかり守ってくれる。いざとなったら薙刀《なぎなた》を持って夷狄《いてき》を串《くし》刺しにしてくれる、と勇ましいことを言う者もいた。

大河も黒船再来には無関心ではいられなかった。昨年、自分の目で黒船を目の当たりにしているし、空砲を間近で放たれてもいる。

遠くからではあったが、船上にいるアメリカ人の姿を見てもいる。上陸してきたら、一人残らず斬り捨てると内心で息巻いたものだ。

西紺屋《にしこんや》町の長屋住まいをしている大河の日課が変わったのも此度《こたび》の黒船騒ぎからであった。

早朝に起きると、ざっと洗面をすませ、その足で大小を腰にぶち込み鉄砲洲に行き、江戸湾に注意の目を向けた。ときには芝《しば》浜のほうまで足を延ばすこともあった。

しかし、黒船の姿を見ることはなかった。海岸には佩楯《はいだて》に具足姿の藩兵が所狭しと居並び、海上に警戒の目を光らせていた。ところどころに大砲が据えられ、旗指物が海風に翻り、鎧兜《よろいかぶと》をつけた者が馬に乗って巡回もしていた。

具足をつけていない兵もいるが、それでも手甲脚絆《きゃはん》に鉢巻き姿で長槍を立てていた。浜辺には無数の舟が並び、いざとなったらすぐに漕《こ》ぎ出せる支度もしてある。

されど、黒船は品川沖まで来たという話はあったが、江戸湾の奥まで来ることはなかった。

玄武館鍛冶橋道場も通ってくる門弟の数が少なかった。門弟の大半は諸国大名家の子弟で、その多くの者が海防の任に就いているからだった。

一月も終わりに近くなったとき、道場に坂本龍馬《さかもとりょうま》があらわれた。一人鍛錬に励んでいた大河は龍馬を見るなり、

「おぬし、しばらくではないか。やはり藩に駆り出されているのか？」

と、声をかけた。

「こちらこそご無沙汰《ぶさた》をしていました。お達者そうで何よりです。それより暮れの大試合では大変なご活躍だったそうですね。話は聞いちょります」

龍馬は土佐弁まじりに言って頬をゆるめた。

「まあ、これへこれへ」

大河は龍馬をそばに呼び、道場の隅に腰を下ろした。大河は世事に疎いが、龍馬はそうではない。それに昨年の暮れから佐久間象山《さくましょうざん》の塾にも通うという勤勉家である。黒船についてより詳しいことを知っているのではないかと思った。知っているなら是非とも聞きたかった。

「海岸の警固はどうしたのだ？」

「いまはやっちょりません。ただ、糧食の配分をしなけりゃならんのです」

「糧食……」

「諸藩の兵は海岸警固についちょりますが、我が藩はその備えです。わたしは藩邸に寄寓《きぐう》している身ですから、まあ、下ばたらきをさせてもらっちょるんです」

「此度の黒船が何をしに来たのか聞いておらぬか？」

「聞いちょります」

大河は目を光らせた。尻《しり》をすって龍馬に近づきもした。

「ですが、まだ詳しいことはわからんのです。象山先生はいろいろご存じのようですが……」

龍馬は昨年の暮れから、佐久間象山の私塾「五月塾」にて砲術と兵学の勉強をはじめていた。

「いろいろとはなんだ？」

「やはり山本さんも気になっちょるんですね。いまは何も話せませんが、まあ、少しお待ちください。半月もすれば詳しいことがわかるはずですきに……」

話すうちに龍馬はお国訛《くになま》りに戻っていく。

「よかろう、詳しいことがわかったら教えてくれるか」

「もちろんです」

六

二月に入ると、江戸の町も落ち着きを取り戻してきた。黒船の話はあちこちで聞きはするものの、それは信憑性《しんぴょうせい》のないものばかりだった。大河は黒船のことが気にはなるが、幕府がいったいどこでどんなことをしているのかさっぱりわからない。

ここは龍馬の調べを待とうと肚《はら》をくくり、普段の暮らしに戻っていた。鍛冶橋での稽古《けいこ》、そして神尾道場と竹熊道場への出稽古である。出稽古ができるようになり、暮らしは楽になった。その分、心にもゆとりができるはずだが、ふと昨年暮れの試合を思いだすことがある。

やはり、小田部藤十に負けた悔しさは忘れられない。できればもう一度小田部とやりたいと思うが、その段取りをつけてくれるのは道三郎である。その肝心の道三郎には会えずじまいであった。

その日は小《こ》網《あみ》町二丁目裏にある竹熊道場で稽古をつけ、帰りに日本橋《にほんばし》の魚屋に立ち寄り、日持ちのする鯛《たい》の干物を五枚買って家路についた。

日本橋の通りはいつもと変わらず往来が多いが、具足をつけた諸藩の兵の姿が目立つようになっていた。

しかし、黒船の再来航を騒ぎ立てた江戸の町民らは、そんな物々しい武士を見慣れてしまったのか、あまり興味を示さなくなっていた。

通りの両側には大店《おおだな》が建ち並び、青や緑、あるいは白や紺といった暖簾《のれん》が夕暮れ間近の日の光に染まっていた。呼び込みの声がほうぼうから聞こえてくる。

饅頭《まんじゅう》屋や煎餅《せんべい》屋の店先では娘の呼び込みもある。茶屋で休んでいる武士、立ち話をしている長屋のおかみ連中、行商人が先を急ぐように歩き去り、横町からは道具箱を担いだ大工が出てくる。僧侶《そうりょ》に物乞《ものご》い、使いに出された商家の小僧、寝そべっている犬に、路地に飛び込んでいく猫もいる。翳《かげ》りはじめた空には鳶《とび》が舞っていた。

「大河」

突然、声をかけられたのは南伝馬町《みなみでんま》一丁目に入ったところだった。

「道三郎さん」

「おまえに会おうと思い道場に行ってきたところだ。よいところで会った」

「なにかご用でも？」

「これといったことはない。ただ、話はある」

道三郎はそう言って、近くの茶屋に大河をいざなった。

並んで床几《しょうぎ》に座ると、

「出稽古か……」

と、道三郎が顔を向けてきた。

「今日は小網町の竹熊道場です」

「稼ぎ口ができてよかった」

道三郎はやってきた店の小女《こおんな》に茶を注文した。

「話とはなんです。黒船のことですか？」

「黒船。ああ、そのことはおれたちがヤキモキしてもどうにもならぬことだ。お上がうまく追い払うか、煙《けむ》に巻くであろう。まあ、こうやっておまえの顔を見るといろいろと話すことを思いだした。あの試合では残念であったが、よくやった」

あの試合とは暮れの大試合だ。大河は少し表情をかたくした。

「負けた試合です。ですが、今年はてっぺんに立ちます」

「おまえならできるだろう。おれは信じて疑わぬ」

茶が運ばれてきたので、二人はそれぞれに湯呑《ゆの》みをつかんだ。

「一年延ばしになりました」

「一年なんぞあっという間だ。そう急《せ》くことはなかろう」

大河は黙って茶に口をつけた。湯呑みには茶柱が立っていた。

「悔しかったらもう一度小田部と立ち合えばよい」

大河はさっと顔を上げた。

「そうは言ってもあれは水戸家の者。それにお玉ヶ池だ。一番手と二番手の者が試合をするのは滅多にないが、地稽古の段取りならつけてやれる」

地稽古は試合形式だ。

「ほんとうですか？　是非にもお願いします」

大河は頭を下げた。

「折を見て話をしてやる。それより、おれも仕官するかもしれぬ」

大河は黙って道三郎を見た。

「おれは千葉家の三男坊だ。つまり部屋住みの身である。二代宗家は奇蘇兄が継いだ。栄次郎兄は、父と水戸家に仕官した。おれは置いてけぼりを食っているが、そろそろ向後《こうご》のことを考えろと言われたのだ。まあ、言われるまでもないことではあるが……」

「いずこへ仕官されるので……」

「父と栄次郎兄は水戸家に召し抱えられている。おれもそうなるだろう。父上がさような話をひそかに進めているらしい」

「それで仕官されるので……」

「声をかけてもらえれば、そうするつもりだ。と言ってもそうなるであろう」

「さようなことでしたか」

大河は一抹の寂しさを覚えた。道三郎とは同年ということもあり、馬があった。何かと便宜を図ってくれ、他流試合の段取りもつけてくれた。

「話と言えば、そんなところだ」

道三郎はそう言って、ふっと息を吐いた。空に浮かぶ雲が日没前の残光を受け、朱に染まっていた。町屋の屋根をすべり降りてきた夕日が、商家の障子を染めてもいた。

「すぐに仕官するというのではない。一年、いや二年先ぐらいになるだろう。だが、おまえもそろそろ先のことを考えておいたほうがよかろう」

「おれは……」

大河は口をつぐんだ。道三郎と私的に話すときには「おれ」と自称するが、会話は敬語である。

「どうした。ま、わかっておる。おまえは玄武館の筆頭門弟になり、その後日本一の剣士を目ざす。そう言ったであろう。されど、一朝一夕にはいかぬこと。まずは食い扶持《ぶち》を得なければならぬ。出稽古でいくらか稼げはするだろうが、いずれは嫁を取らなければならぬだろう。嫁を迎えれば子供ができる。子供の面倒には金がいる」

「そこまで考えるのはまだ早いのでは。おれはその前にやることがあるんです」

「日《ひ》の本《もと》一の剣術家か……」

道三郎はそう言って、朗らかに笑った。

「ま、それはそれでよいが、足許《あしもと》を見て生きるのも大事なことであろう」

「……たしかに。あの……」

大河は急に桐野貫太郎のことを思いだした。

「なんだ……」

「練兵館の斎藤殿と立ち合ったときのことです」

「斎藤歓之助殿か。もう大村《おおむら》藩に出仕されているはずだ。だが、立ち合ったとき、どうした？」

道三郎は訝《いぶか》しそうな顔をした。

「道三郎さんは、あのときおれが怪我をしていたことに気づいていたのですね」

「黙っていたが、おれの目は節穴ではない。心配したのだが、おまえが黙っていたので何も言わなかっただけだ」

「そうでしたか」

大河は湯呑みを見つめた。

「負けてしまうと思っていたのだ。だが、おまえは勝った。あのときは我がことのように嬉《うれ》しかった」

「その怪我をしていたことを誰かに話しましたか？」

「重太郎さんにはあの試合のあとでこっそり話したが、他には口外しておらぬ」

大河はぴくっとこめかみの皮膚を動かした。

「誰にも」

「もし話せば、噂が広がりかねぬ。そうなれば斎藤殿の顔をつぶすことになるであろう。まあ、その辺は武士の情けだ」

道三郎は斎藤歓之助の顔を立てるために黙っていたのだ。すると、栂野貫太郎はなぜ自分が怪我をしたことを知っていたのだ？

襲ったのは栂野ではなかった。だが、栂野はそのことを知っていたことになる。

大河は通りの反対にある商家の暖簾を凝視した。

「今日はおまえに会えてよかった。近いうちにお玉ヶ池のほうに遊びに来るとよい」

道三郎の声で大河は自分に立ち返り、そうしますと答えた。

七

道場の庭に梅の蕾《つぼみ》がいくつもついている。藪椿《やぶつばき》の蜜《みつ》を吸いに来た目白たちが嬉しそうにさえずっていた。

いまだ寒さは厳しいが、その日は天気がよくて、日向《ひなた》にいれば過ごしやすかった。

大河は稽古《けいこ》で一汗流したあと、庭で休んでいるのだった。桐野に会ったら定吉の家に呼ばれたとき、自分が怪我をしていたのをなぜ知っていたのか問い糾《ただ》そうと考えていたが、桐野はしばらく道場に来ていないようだった。

（自分の失言に気づき、警戒しているのかもしれない）

大河はそんなことも考える。しかし、誰に襲われたのか、はっきりしないし、誰だと決めつける証拠もない。そんな曖昧《あいまい》なことで桐野を問い糾すのは軽率かもしれない。

（どうするか）

内心でうめくようにつぶやき、庭の隅に視線を向ける。水仙が咲いている。ひんやりした日陰の場所でも可憐《かれん》な花は、凛《りん》とした美しさを保っている。

「大河殿」

ふいに声をかけられた。

「佐那様」

風呂敷《ふろしき》包みを抱え持った佐那が立っていた。まさにいま見ていた水仙のような人だ。

「何をなさっているの？」

佐那は近づいてきた。

「少し休んでいるところです。お使いですか？」

大河は佐那の持つ風呂敷を見て言った。

「兄に届け物です。それより丁度よかったわ。わたし、大河殿と話をしたいと思っていたのです」

これは異なこと、と大河は心中でつぶやいた。

「なんでしょう」

「気になっているのです。それはずっと前からです。あなたがこの道場にやってきた頃からかもしれません」

大河は小首をかしげた。佐那は一度晴れわたった空を眺め、短く息を吐いて吸った。その横顔がまぶしい。竹刀の打ち合わさる音や、門弟たちの気合いの声が道場から聞こえてくる。

「言ってしまいます」

佐那はそう言うと、体ごと顔を大河に向けた。

「あなたらしくない。そんな気がするの。あなたはもっと自由で奔放な人でなくて……」

澄んだ瞳《ひとみ》で見つめられると、大河は我知らず心の臓を高鳴らせる。

「小さくまとまってしまった。いつからそうなのか、それはわかりません。道場に来てからなのか、その前からなのか。決まり事に縛られすぎている気がするの。一心に稽古に打ち込み、腕を磨くその姿勢はとてもよいし、それなりの技量を身につけられました。いまや玄武館で五本の指に入る人になられた。でもね……」

佐那は少し歩いて、近くにある腰掛けに座った。

「でも、なんでしょう？」

「何か物足りないのです。あなたらしくない気がする。自分でもおわかりなのではないかしら……」

佐那はまっすぐ見つめてくる。大河は見破られたと思った。そのことには自分でも気づいていたのだ。

「あなたはもっと闊達《かったつ》な人のはず。悪く言えば野放図なのではないかしら。だけれど、そのことをあなたは自分で抑え込んでいる気がしてならないの。もちろん、道場には道場の掟《おきて》があるし、礼儀作法は大事なことです。そのことを踏まえて自分らしく、大河殿らしくあったなら、暮れの試合で負けることはなかったと思うの」

大河はまさに急所を突かれた思いだった。

「父も兄も同じことをお感じになっているはずです。それに道三郎従兄《にい》さんも漏らしてました」

「なんと……」

大河は一歩近づいた。

佐那は口許に小さな笑みを浮かべ、座ったまま見上げてくる。

「あなたは玄武館一になり、いずれは日本一の剣士になるとおっしゃっている。そうですね。けれども、いまのままでは難しい。もう一皮剥《ひとかわむ》ければ怖ろしい男になると。でも、それは人が教えてどうなるものではないと……」

「………」

「気に障ることを言ったかもしれませんけれど、わたし、黙っていることができなくて……」

「いえ、ありがたい言葉です。たしかにおっしゃるとおりだと思います」

「わたし、大河殿にもっと強くなってもらいたい。だから悪気で言ったのではありませんよ」

「わかっています。ありがとう存じます」

大河が頭を下げると、佐那がすっと立ち上がって、

「わたしは強いあなたを見たい。ただ、それだけです」

と言って、去ろうとしたので、大河は慌てて呼び止めた。

「梅野さんはしばらく道場に来ていないようですが、何かあったのでしょうか？」

「ご存じなかったの？　あの方は海岸防備をしている藩兵のために高輪に出向いて、炊き出しをやっていらっしゃるのです。黒船が来ているので忙しいのでしょう」

「そういうことでしたか。いや、わかりました」

もう一度大河が頭を下げると、佐那はそのまま庭を出て行った。

大河は自分らしさを失っていたことに気づかされた。もし、佐那に言われなかったら、このまま二進《にっち》も三進《さっち》もいかないままだったかもしれない。

——あなたはもっと自由で奔放な人でなくて……。

佐那はそう言った。そして、

——悪く言えば野放図なのではないかしら。だけれど、そのことをあなたは自分で抑え込んでいる気がしてならないの。

そうも言った。

目が覚めた思いであった。

(よし、おれはおれらしく生きる)

大河は澄みわたった空に顔を向けて、臍下《せいか》に力を入れ、おのれを勇気づけるように、ぽんと腹をたたいた。

道場に戻ると、稽古の支度をはじめた。よし、やってやる。おれはおれらしくやる、とおのれに言い聞かせる。

「山本さん！」

竹刀を手にしたとき、道場にひびきわたる声がした。玄関を見ると龍馬だった。稽古をしている他の門弟などかまわず、ずかずかと近づいてきた。

「わかりましたよ。大方のことが」

「何だ？」

「黒船騒ぎのことですよ。詳しいことがわかったら教えろとおっしゃったではありませんか」

「おお、そうだった」

大河は浮かしかけた尻《しり》を下ろし、龍馬をあらためて見た。こやつ、飾り気のないやつだ。そうだ、おれも以前はそうであったと、またもや思い知らされた。

「それで、どうなっておるんだ？」

大河が身を乗り出すように問うと、

「大きな声じゃ言えませんが、このままだと幕府は終わりですよ」

と、龍馬は衝撃的なことを口にした。

第二章　刃傷

一

龍馬はいつになく真剣な顔であった。それに少し興奮しているようだ。

「よいから話せ」

大河が催促すると、龍馬は空咳《からせき》をひとつして話しはじめた。

「一昨日《おととい》、幕府とペリーの話し合いが行われました。幕府は鎌倉《かまくら》を談判の場にしたいと言うのに、ペリーはそれをよしとせず品川沖だと言い張ったそうです。それで幕府は間を取って神奈川沖でどうだと折り合いをつけ、ようやく話し合いの場が決まったのですが、ペリーは強気です」

その話し合いは、横浜《よこはま》村字駒形《こまがた》に幕府が急遽《きゅうきょ》建てた応接所で行われた。

「どういうことだ？」

「ペリーはおのれらの条件を呑《の》まなければ、戦もやむを得ぬと脅しにかかったのです」

「なに、戦だと」

　大河は大きく眉《まゆ》を動かした。

「さようです。ペリーは日本の近くに多数の軍艦を控えさせている。返答次第では、新たに五十隻の軍艦を呼び寄せると言ったそうです」

「いったいペリーの目当ては何なのだ？」

「幕府はいろいろな条件を突きつけられているそうですが、ペリーは開国をしろと言っているのです」

「開国……」

「そのうえでアメリカと交易をしてくれとのことのようです」

「交易をしてはまずいのか？」

「幕府はオランダと交易をしていますが、アメリカともやらぬかと持ちかけちょるんです。もし交易をするとなると、幕府は長崎ではない他の港を開けることになります。そうなった場合、取締りを強化しなければならぬのですが、無《む》闇《やみ》矢《や》鱈《たら》に異人が入って来るかもしれぬのです」

「そうなると、幕府は不都合だと言うのだろうか？」

「じつは、幕府はロシアとも同じような談判を長崎で行っちょるんです。これまで付き合いのなかった異国への開国を許し、交易を認めると他の国も幕府に談判してくるでしょう」

「ふむ」

大河は腕を組んでうなり、龍馬の顔をまっすぐ見た。

「つまり、幕府は開国したくないというわけか」

「まあ、早い話がそうです」

「だったら断ればいいだけではないか。手こずることはなかろう」

「断ればペリーは大艦隊を率いて戦をやると脅すのです」

「戦結構、いざとなれば迎え撃てばよいだろう。いったい誰が話し合っているのだ？　将軍様か……」

「林大学頭《はやしだいがくのかみ》様と北町奉行の井戸《いど》覚弘《さとひろ》様です」

「北町奉行が……で、林大学頭様とは何者よ？」

「小姓組番頭《こしょうぐみばんがしら》です」

「小姓組番頭だと。そして、北町奉行……。老中とか大老ではないのか。相手は一国の総代ではないのか……」

「わたしももっと上の方が話し合いに応じていると思ったんですが、大学頭様は諸外国に通暁されているらしく、北町奉行の井戸様は以前長崎奉行の任にあった頃、長崎に来る異国船と何度も掛け合いをして、無難に取りさばかれているのです。井戸様はその功績を認められて取り立てられたのでしょう」

「それにしても、斯様《かよう》な話をどこで聞いてきたのだ？」

大河には幕府とペリーの交渉より、そのほうが疑問だった。

「象山先生の五月塾です。あそこには面白い人が入れ替わり立ち替わりやってきては、いろんなことを教えてくれます」

「たしか砲術とか兵学を教えている人だったな。そんな人がなぜ、幕府内のことを知っているのだ？」

「だからいろんな人が塾に来るからです。幕府のえらい役人もいるんです」

おそらく龍馬はそんな役人たちから話を聞いてきたのだろう。

「それでどうなるのだ？　幕府は相手の申し入れを呑むのか？」

「さあ、それはこれからのことです」

大河は一度道場を眺めた。

門弟らが気合いのこもった声を発しながら稽古《けいこ》に励んでいる。窓からのぞく空は澄みわたっていた。ほんとうに戦が起こるのか？　それも異国との戦いが。

「坂本、戦はほんとうに起きるのか？」

「わかりません」

「おぬしはどう考えておるんだ？」

「先生は開国すべきだとおっしゃっていますが、わたしにはまだわかりません」

「おぬしはいずれこの日本を動かす男になりたいと言ったな」

以前龍馬は、至極真面目な顔で大河にそう言ったことがある。法螺《ほら》だとしても、大河はそういう夢を抱いている者に好感を抱く。

「いずれそうなれるよう学問をしているのです」

「そのために象山さんの塾に入っているのか？」

「まあ、そうでしょう」

「では剣術はどうするのだ？　この道場に来たのは剣術の腕を上げるためだったのではないか」

「さようです。されど剣術も学問も疎《おろそ》かにはできません。山本さんも五月塾へ行けばわかりますきに」

大河はふっと口の端に笑みを浮かべた。龍馬が使う土佐訛《なま》りが面白いからだ。

「いまのおれには学問より剣術だ。異人がやってきたら戦うことになるやもしれぬだろう。そのためには腕を上げるべきではないか」

「……相手が大砲を撃ち込んできたら剣術では通用しませんよ」

「坂本、江戸の海は警固の兵で守られておるんだ。おぬしはよく知っているだろう。それに大砲の弾にはかぎりもある。そのとき、異人たちが上陸してきたら戦うしかないのだ。もしさようなことになったら、おれは上陸してきた異人たちを斬りまくってやる。さあ、相手をするから支度をしろ」

大河はペリー艦隊のことをいくら考えても、自分では何もできないことがわかっている。こういったことはお上にまかせておくしかないし、龍馬のように学問をする気にもならない。

二

梅の花が咲いたと思ったら早くも散りはじめ、江戸の町は桜の季節を迎えようとしていた。

大河は稽古に明け暮れ、そして出稽古で生計を立てることに汗を流す毎日だった。

アメリカからペリー艦隊が再来航しているが、庶民の興味は薄れていた。

しかし、ペリーと幕府側の交渉は都合四回行われ、三月三日に十二箇条の日米和親条約の調印となった。

そのことを教えてくれたのは、千葉周作の三男道三郎だった。

「もうすぐ桜の季節だ。上野《うえの》か飛鳥山《あすかやま》にでも花見に行ってみるか。たまにはそういう息抜きも悪くない。どうだ」

「道三郎さんが請われるのならいつでもお供しますよ」

大河と道三郎は稽古のあと、南伝馬町二丁目の茶屋で休んでいるのだった。町屋のあちこちから鶯《うぐいす》の声が聞こえてくる。

「聞いているか……」

「何をです？」

大河は道三郎に顔を向けた。

「ペリーと幕府の話し合いがまとまったと言うことだ」

「へえ、それはいつの間に。誰からお聞きになりました？」

「水戸に行っている兄からだ。先日戻ってきて息巻いていた。開国など罷《まか》りならぬ。断固異国を寄せてはならぬと憤然としておった。以前はそういうことを言わぬ人だったのに、心境の変化があったようだ。おれにはよくわからぬことだが……」

「話がまとまったというのは、まさか幕府がペリーの要求を呑《の》んだのではないでしょうね」

「よくわからぬが、兄は幕府は弱腰だ、なぜ、きっぱり撥《は》ねつけることができなかったのだと声を荒らげていた」

「話し合いはどうついたのです……」

「何だ、おぬしも気になっているのか？」

道三郎は首を動かして大河を見た。

「ペリーは幕府が言い分を聞かなければ、戦を仕掛けると脅したと聞いたので……」

「そんなことを誰に？」

道三郎は少し驚き顔をした。

「坂本龍馬です」

「坂本……」

道三郎は少し考えるように視線を動かして、「鍛冶橋道場の門弟だな」と、言ったあとで言葉をついだ。

「栄次郎兄曰《いわ》く、戦は起きぬだろうが、いずれ幕府はアメリカに騙《だま》されることになる。幕府はなぜそのことに気づかないのだとな。それに下田《しもだ》と箱館《はこだて》の港を開くことになったらしい。それは幕府がペリーに一歩譲ったせいだと言っていた。水戸の大殿様は、異国の接近を危惧《きぐ》され大船建造を幕府に具申された方だから、兄はその考え方に傾いたのだろう」

「すると水戸家はあくまでも攘夷《じょうい》を訴えているのですね」

「そうであろう。だが、おれには上《うえ》つ方《かた》の考えなどよくわからぬ」

「たしかに」

大河は目の前を行き交う人々に目を向けた。綿入れを着ているものはほとんどいない。袷《あわせ》である。陽気は日増しによくなり、野には菫《すみれ》や蒲公英《たんぽぽ》が咲き、木蓮《もくれん》や辛夷《こぶし》の花を見るようになっている。

「そうだ。おぬし、小田部藤十と勝負したいと言っていたな」

大河はキラッと目を光らせて道三郎を見た。

「できるのですか？」

「当人はいつでもよいと言っていた。折り合いをつけてやってみるか？」

「望むところです」

「だが、大っぴらにはできぬので地稽古の体《てい》を取る」

「かまいません」

「では、近いうちに話をいたそう」

　それからしばらくして大河は、道三郎と別れて家路についた。日はまだ高い。自宅長屋に足を向ける大河は、通りを歩く人々を眺め、こんなに平穏なのに、幕府は右往左往しているのだなと思わずにはいられなかった。

道三郎や龍馬から聞いた話が、頭の片隅で浮いたり消えたりするのだ。

だが、先ほど道三郎が言ってくれたことに期待を膨らませていた。小田部藤十と正式な試合ではないが、地稽古で力比べができるのだ。

（明日から稽古に力を入れよう）

　大河はくっと口を引き結んだ。

　そのときだった。背後から血相を変え走ってくる一人の侍がいた。しかも足袋《たび》裸足《はだし》で羽織は脱げかかっており、着物の襟も乱れていた。よく見れば髷《まげ》もほどけかかっており、汗を噴き出していた。

そこは京橋《きょうばし》川に架かる中之《なかの》橋《ばし》の手前だった。大河が立ち止まって見ていると、その侍は橋を駆けわたっていった。

（誰かに追われているのか？）

そう思って、侍が駆けてきたほうに視線を向けた。遠くで何やら騒ぎが起きているが、判然としない。橋の向こうに視線を戻すと、侍がよろよろと立ち上がるところだった。そばに納豆売りが尻餅《しりもち》をついているので、ぶつかったようだ。

立ち上がった侍は一度、大河のいる背後を振り返り、そのままよろめくように歩きはじめた。

大河は早足で橋をわたり、侍が歩き去ったほうを見た。その侍は柳の下に隠れるようにして呼吸を整えている。

「いかがされました？」

大河は近づいて声をかけた。

侍はギョッとした顔をし、素早く刀の鯉口《こいぐち》を切った。

「待たれよ」

「同志か？」

相手は肩を喘《あえ》がせながら警戒する目を向け、つぶやくように言った。大河は眉宇《びう》をひそめた。

「違うのか……」

「同志とはなんだ？」

今度は相手が首をかしげた。

「わたしは玄武館道場の門弟で山本大河と申す。あやしい者ではない。何か困っていることがあるなら助太刀いたす」

「助太刀を……追っ手ではないのだな」

「追っ手とは何のことです？」

そこで相手はホッと、安堵《あんど》の息をついた。

「すまぬが助けてくれ。拙者は伊佐美《いさみ》新助《しんすけ》と申す」

そう名乗った伊佐美はわたってきたばかりの、中之橋を警戒するように見た。大河も釣られて橋を行き交う人を見た。異変はない。

「伊佐美殿、ついてきてくだされ」

大河はうながした。

三

「殺されるかもしれぬのです。いえ、見つかれば殺されるでしょう」

伊佐美は大河の長屋に入るなり、そんなことを口にした。三和土《たたき》に立ったままだ。

「殺される……」

「詳しいことはあまり話せませんが、そんな身の上になったのです」

「こんなところですが、とにかくお上がりください。それから汗を……」

大河は伊佐美に新しい手《て》拭《ぬぐ》いをわたした。

「ご親切痛み入ります」

伊佐美は足袋を脱いで居間に上がると、手拭いで汗を拭《ぬぐ》った。

「喉《のど》が渇いておられるのでは……」

大河は水甕《みずがめ》からすくった水をわたした。

「見も知らぬ者に……」

伊佐美は頭を下げると、ゴクゴクと喉を鳴らして水を飲んだ。

「山本殿は玄武館のご門弟なのですね。すると千葉先生のご指南を受けていらっしやるので……」

「千葉道場のことをご存じで？」

「知らぬわけがありません。遠く西国までその名は知れわたっています」

「千葉周作大先生は水戸家に仕官され、いまは江戸にはいらっしゃいません。わたしは大先生の弟定吉先生の弟子です。そうは言っても、定吉先生も鳥取藩で剣術指南をされているので、稽古はご長男の重太郎先生につけてもらうことが多いです。伊佐美さんは、どちらの家中の方です？」

この問いに伊佐美は短い間を置き、膝許《ひざもと》に視線を落としてから顔を上げた。

「拙者は筑後《ちくご》久留米《くるめ》藩有馬《ありま》家の者ですが、じつは脱藩したのです」

「脱藩……何故？」

伊佐美はうなだれて黙り込んだ。

「茶でも淹《い》れますか？　それとも酒でも飲みますか？」

大河がもっと楽になってもらおうと声をかけたとき、表から「こら、待ちやがれッ！」という怒鳴り声が聞こえてきた。

同時に伊佐美がビクッと顔を上げて戸口を見た。

パタパタと路地を駆ける子供の足音がした。

「長屋の元気のいい子供です。いつも親に叱られているんです」

大河がそう言うと、

「酒を少々いただけますか……」

と、伊佐美が所望した。

大河は早速酒の支度にかかった。

肴《さかな》は煮干してある。出汁《だし》にも肴にも重宝している。

「うまい……」

伊佐美は酒に口をつけるなり、ふうっと長く息を吐いてうなるように言った。

「安物の酒ですが遠慮は入りません」

大河はそう言って、ぐい呑《の》みをきゅうっと一息であけ、口の端を手の甲でぬぐった。

「この長屋で暮らしておられるということは、山本殿は仕官されていないのですね」

「仕官など考えてもいません。わたしは川越の生まれで、村名主の倅《せがれ》です。親爺《おやじ》は名主を継ぐようにうるさく言いましたが、わたしは断って家を飛び出してきたのです。もはや帰る家はありません」

「では跡継ぎはご長男が……」

「長男はわたしです。妹が婿を取りまして、その婿が跡を継いでいます」

「何故、継がれないので？」

酒が気持ちをほぐしたのか、伊佐美は口が軽くなった。

「わたしは剣術をやりたかったのです。だから親に逆らって江戸に来ました」

「剣術のために……」

「わたしは日本一の剣術家になるのです」

伊佐美はぐい呑みを宙に浮かしたまま目をしばたたいた。尖《とが》り顎《あご》で顔はよく日に焼けていた。

「他に望みはないのですか？」

「ありません」

きっぱり言うと、伊佐美は、「面白い人だ」と、首を振った。

「殺されるかもしれないとおっしゃいましたが、何があったのです？」

聞かれた伊佐美は短く思案顔をしてから口を開いた。

「ペリーが艦隊を連れて再び我が国にやってきたことをご存じですか？」

「知っています。去年は黒船を見にも行き、帰りにはすぐ近くで空撃ちをされました」

「空撃ちを……」

「肝を冷やしましたよ。さ、やりましょう。追っ手はここまで来ないはずです。来たら返り討ちにするだけです」

大河は酒を勧めた。伊佐美は素直に受ける。

「黒船はアメリカから来たのです。ペリーなる提督が頭で、幕府に開国を迫り、幕府は先方の申し入れを聞いています。山本殿はそのことをどう思われます？」

大河は伊佐美を見返した。

どうしてこんな話が、おれの身近でされるのだと苦笑いをした。

「何も思いません。ペリーは幕府に脅しをかけたと聞いていますが、戦になるなら潔く戦うだけです」

「すると、山本殿は攘夷《じょうい》に異は唱えないのですな」

「まあ、異国に幕府が、いやこの国が牛耳られたらたまったものではないでしょう」

「さようです。しかし、幕府の威光は落ちています。先般神奈川で結ばれたペリーとの条約調停がそれを物語っています。いまや幕府に頼るのではなく、我らは天皇制に戻したうえで夷狄《いてき》を打ち払うべきなのです。しかれど、あくまで幕府をさらに強いものに仕立てあげるべきだという者がいます。拙者はそんなことより、断固として夷狄を討つべきで、その上で天皇家に政《まつりごと》を委《ゆだ》ねるべきだと思うのです。もともと日本を司《つかさど》っていたのは幕府ではなく、天皇家です」

何だか難しい話になってきたぞと、大河は鼻白んだ。

「千葉周作先生は水戸家に出仕されていますね。その水戸家も攘夷の声を高らかにあげています。千葉先生も、いや千葉一門も攘夷の士だと拙者は考えるのです」

「あの伊佐美さん……」

大河は手を上げて伊佐美を制した。

「攘夷だ佐幕だという言葉をこの頃よく耳にしますが、おれはさっぱり興味がないのです」

大河は砕け口調で言った。

「関心がないと……」

「ないです。それより、伊佐美さんを狙っているのは何者です？」

大河の興味はこっちにある。伊佐美は落胆したように肩を落として、

「同じ藩内の佐幕連中です。先年、拙者が師事をしていた人たちが蟄居《ちっきょ》されたり、改易されたりしました。殺された人もいます」

「それはまた……」

大河は口を開いた。

伊佐美はその一連のことを話した。

伊佐美が師事をしていたのは、家老の稲次正訓《いなつぐまさくに》と真木《まき》和泉《いずみ》だった。しかし、二人は佐幕派に糾弾され、稲次は改易されたのちに自刃し、真木和泉は蟄居になっていた。

殺されたのはその同志たちであり、伊佐美はかろうじて難を逃れて脱藩し、江戸に逃げてきたのだった。

「すると、伊佐美さんの命を狙うのは、佐幕派の連中ですか？」

「さようです。いまも藩の目付が拙者を捜しているはずです」

大河は「ふうむ」と、うなって腕を組み、

「それでこれからいかがされるのです？」

と、問うた。

「江戸は危ないので様子を見て国許に帰ろうと思います」

「国に帰ればもっと危ないのでは……」

「いえ、国と言っても離れたところです。真木先生が幽閉されている村に行き、そこで静かに世情を眺めるつもりです」

　真木和泉が幽閉されているのは、久留米城下から離れている下妻《しもつま》郡水田《みずた》村に住む大鳥居《おおとりい》里兵衛《さとべえ》方だった。

「真木という方はそれほど立派な方で……」

「立派な考えをお持ちの方です。何より節義を重んじておいでです。いくら才能があっても学問があっても、人は節義がなければ世に立つことはできないと教えられています」

「節義……」

　大河は節義と攘夷をどう結びつけるのかよくわからぬが、伊佐美の言わんとすることはわかる気がする。

「さようです」

　大きくうなずく伊佐美に、

「では明日にでも江戸を発《た》たれるので……」

　と聞いた。

「見つかったばかりです。明日は様子を見ることにします。山本殿、厚かましいのを承知で、明日までここに置いてくださりませぬか」

伊佐美は両手をついて頭を下げた。

四

正式の試合ではないが、大河は暮れの試合で負けた小田部藤十と地稽古《じげいこ》をすることになっている。小田部はお玉ヶ池の道場なので日頃会うことはないが、道三郎がその段取りをつけてくれるはずだ。

大河は伊佐美を匿《かくま》っているが、気持ちは小田部との地稽古に気持ちが動いていた。地稽古とはいえ、試合と同じである。

(今度は負けぬ)

強い気概があるので、稽古に熱を入れた。それ故に相手を選んだ。重太郎を道場で見つければ、即座に稽古を頼み、柏尾馬之助や島村洋之助がいれば、稽古相手にした。

稽古をしているときには、邪念を払い一切を忘れることができる。門弟らも大河が道場に入ると、以前とは違った目で見るようになり、指南をしてくれと言ってくる者も少なくなかった。

もはや〝雑巾掛《ぞうきんが》け〟と揶揄《やゆ》されていた頃の大河とは大きく違うのだ。さらに、佐那に言われた言葉が、大河の心に火をつけてもいた。

——あなたはもっと闊達《かったつ》な人のはず。悪く言えば野放図なのではないかしら。

佐那にそう言われたとき、頭を何かで殴りつけられたような気がした。

（おれは、おれらしくやる！）

大河は同じことを何度も胸中でつぶやいていた。

しかし、一旦《いったん》自宅長屋に帰ると、どこか落ち着きのない伊佐美新助がいる。二晩だけ泊めてやるつもりだったが、伊佐美はもう一泊お願いすると頼んでくる。頼まれれば断れないので、

「気がすむまでいてもかまいませんよ」

と、大河は気安く応じていた。

自分がいない間、何をしているのかわからないが、伊佐美は外出をする際は編笠《あみがさ》を被《かぶ》ったり、頰《ほ》っ被《かむ》りをしているようだった。

大小を帯びた武士が頰っ被りではかえって目立つのではないかと、大河は注意をしたが、追っ手に見つかったらことだと、伊佐美は言葉を返していた。

そのことについてとやかく苦言を呈しない大河だが、伊佐美は炊事洗濯をやってくれ、買い物もしてくれた。

ありがたいことだが、四日、五日とたつうちに、いつまでおれの長屋に居すわるつもりだと気になってきた。

その日、稽古から自宅長屋に帰ると、晩酌用にと鰹《かつお》の刺身が用意されていた。

「まだ小振りで脂も乗っていないでしょうがやりましょう」

伊佐美は頬をほころばせて言う。

「どこで仕入れたのです？」

伊佐美が自分より五歳上と知り、大河は敬語を使うようになっていた。

「日本橋です。ぶらりと行ったら目につきましてね。是非にも山本殿と鰹で一杯やりたいと思ったのです。これからたたきにしてもよいですが、いかがされます？」

「刺身で結構でしょう」

大河は居間に上がるとどっかり座った。

「ところで、いつまでここにいるつもりです？」

大河は台所で酒の支度をしていた伊佐美に声をかけた。

「長々とお世話になりましたが、明日江戸を発つことにしました」

伊佐美は手《て》拭《ぬぐ》いで手を拭《ふ》きながら答えた。

「明日ですか？」

「はい、もう追っ手はあきらめたはずです。今日、同志に会いましてね。路銀の都合もついたのです」

「さようでしたか」

それはよかったと言葉を足した大河は、ホッと胸を撫《な》で下ろした。

「ついに下田と箱館が開港となったようです」

ぐい呑《の》みと酒を運んできた伊佐美が言う。

「するとアメリカは下田と箱館に出入りするということですか？」

「当然、そうなるでしょう。アメリカ人が我が物顔でこの国を闊歩《かっぽ》するのです。幕府の弱腰のせいでこんなことに……」

伊佐美は苦々しい顔をして大河に酌をした。

「だが、戦は避けられた。そうなのでしょう」

「拙者には下手の大工で切っては継ぐにしか思えません」

伊佐美はその場しのぎの策を弄《ろう》しただけだろうと、小馬鹿にしたように鼻を鳴らした。

「されど、そういう約束をしたのだから、いまさらどうにもならぬでしょう」

大河はこういう話は苦手だし、面白くもない。

酒を一息にあおり、鰹の刺身をつまんだ。

「山本殿、貴殿は千葉道場の門人でございますな」

伊佐美がキッとした目を向けてきた。

「さようです」

「千葉道場は水戸家に気に入られていると聞いています。つまり、攘夷《じょうい》派であるはず。千葉先生はそんな話をされませんか」

「周作大先生も、二代宗家の奇蘇太郎様からもさような話は聞いておりません。道場は政を云々《うんぬん》いう場ではないのです。道場は神聖な場です」

「…………」

伊佐美は面白くない顔をし黙って酒を飲んだ。気まずい空気が短く流れたので、

「明日江戸を発つとおっしゃいましたが、何刻《なんどき》頃でしょう？　せっかくお近づきになれたのだから、途中までお送りしましょう」

と、大河は話題を転じた。

「それには及びません。無理な頼みを快く引き受けてくださったのです。気にしないでください」

それでも大河は高輪あたりまで送って行くつもりだった。

五

翌早朝、伊佐美は世話になったと礼を言って大河に別れを告げたが、

「まあかたいことを言わずに、途中までご一緒しましょう」

と、途中まで供をすることにした。

伊佐美は固辞したが、大河は余裕の笑みを返し、

「まあまあ、行きましょう。今日は忙しい日ではないのです」

と、伊佐美をうながした。

通《とおり》町（東海道《とうかいどう》）へ出ると、そのまま品川方面に歩いた。まだ夜が明けたばかりで、通りにはさほど人は多くなかった。伊佐美は金杉《かなすぎ》橋の先で人と会い、受け取るものがあると言う。

「会われるのは、伊佐美殿のおっしゃる同志の方ですか？」

「さようです。真木先生へ届け物があるのです」

どうやら伊佐美は、大河の知らないうちにその同志と連絡を取り合っていたようだ。

「ところで久留米のほうにも高名な剣術家がいると思うのですが、伊佐美殿はご存じでしょうか？」

これは、聞こうと思っていたことだった。

「……いまなら松崎浪四郎《まつざきなみしろう》をおいて他にいないでしょう」

「松崎浪四郎……」

大河はその名を頭に刻み込んだ。こういった記憶をいつまでも忘れないのが大河の特徴でもある。

「拙者より二つ三つ若い男ですが、藩内であの男の右に出る者はいないはずです」

「流派は？」

「拙者と同じ神陰《しんかげ》流です」

大河はほうと口を尖《とが》らせて、伊佐美を見た。

「伊佐美殿も神陰流でございましたか……」

「まあ拙者は免許を取り損ねた口ですが、松崎浪四郎は強いです」

（相手をしてみたい）

大河はそう思った。年も自分とほとんど変わらない相手だ。

「それより、九州には大石進《おおいしすすむ》殿がいます。同じ神陰流ですが、十八歳にして大石神影流を名乗った人物です。この方は名が知れています」

（大石進）

大河は覚え込む。

「大石殿の年は？」

「……会ったことはありませんが、還暦間近なはずです」

（それは年寄りではないか。おれの相手ではないだろう）

大河は勝手に思う。

そんな話をしているうちに、日は高く昇り、いつの間にか浜松《はままつ》町に入っていた。時間とともに往来に人が増え、沿岸警固にあたる藩兵の姿も見るようになった。ところどころで見かける桜は芽吹いており、早くも花を咲かせている木もあった。

金杉橋をわたったところで、伊佐美は足を止め、あたりに視線をめぐらした。

「おかしいな。まさか約束を違《たが》える男ではないのに……」

「いらっしゃいませんか？」

大河が訊《たず》ねると、伊佐美は菅笠《すげがさ》の庇《ひさし》を持ち上げてまわりを眺める。

「しばらく待ちます。山本殿、いろいろとご迷惑をおかけし、お世話になりました。もうここでよいので、どうぞお帰りください」

「では道中お気をつけて。そしてお達者で……」

大河は軽く会釈をして、その場で伊佐美と別れ、来た道を引き返した。金杉橋をわたったところで振り返ると、伊佐美が三人の侍と話をしていた。

仲間だろうと思っていたが、なにやら様子がおかしい。伊佐美は三人に囲まれているふうで、短いやり取りののちに東海道を逸れた西のほうへ歩き去った。

久留米藩上屋敷があるほうだ。藩邸に行くのだろうと、大河は背を向けたが、すぐに立ち止まった。

どうも様子がおかしいと思ったし、伊佐美は脱藩した男だ。

（まさか……）

いやな胸騒ぎを覚えると同時に、大河は身を翻して金杉橋をわたり直した。

視線を遠くに注ぐと、伊佐美が三人の男に逃げ道を塞《ふさ》がれた恰好《かっこう》で歩いていた。

捕り方なのか？　そう思った大河の足は自然と速くなっていた。

動きがあったのは柳本《やなぎもと》藩上屋敷の北側に差しかかったときだった。右側は元明地《あきち》だったところに小さな町があるが、商家は数えるほどしかなく、人の往来も少なかった。

伊佐美は逃げようとしたらしく、片腕をつかまれたが、それを振り払って大河のほうへ駆けてきた。一方の三人は素早く抜刀して、伊佐美を追った。

大河に気づいた伊佐美の目がハッと見開かれたとき、追ってきた三人の一人が肩口を狙うように刀を振った。その一刀は伊佐美に届かなかった。

「伊佐美殿」

大河は声をかけながら、追ってくる三人の前に立ち塞がった。

「邪魔立て無用！」

大柄な男が声を荒らげた。眦《まなじり》を吊《つ》りあげ、いまにも嚙《か》みつきそうな形相である。

「何があったのか知らぬが、斬り合いは御免蒙《こうむ》る」

大河は言い返した。

「何をッ！　きさま何者だ！」

「玄武館千葉道場の門弟山本大河と申す。嫌がる伊佐美殿をどこへ連れて行く気だ？」

「ええい、たわけ者が！　そやつは藩命に叛《そむ》いた謀反人であり咎人《とがにん》である。邪魔をするなら貴公も同じ輩《やから》とみなし斬り捨てる。覚悟はよいか！」

「山本殿」

大河の背後にまわり込んだ伊佐美が震え声を漏らす。すっかり顔色をなくしていた。

「玄武館と言えば、水戸家に重宝されている道場ではないか。水戸家は尊攘派である。こやつ、伊佐美とつるんでお上に弓を引く者だ。遠慮はいらぬぞ」

肩を怒らせて言うのは、牛のようにがっちりした体の男だった。

「そうであるなら構うことはない」

細身の男がそう言って、大河に詰め寄ってきた。大河は鯉口《こいぐち》を切った。真剣で戦ったことはないが、もう後へ引けなかった。

「こんなところで斬られるわけにはいかぬ。やるならやってみろ！」

大河は怒鳴り返した。とたん、細身の男が打ち込んできた。

大河は右足を一歩引きながら素早く抜刀して相手の刀をはじいた。

六

キーンと鋼の音が耳朶《じだ》を打った直後、大柄な男が正面から打ち込んできた。

大河はさっと突きを見舞い、勢いよく刀を引きつけると、青眼の構えに戻った。

相手は鋭い突きに怯《ひる》みを見せ、すすっと一間ほど下がった。頬を引き攣《つ》らせている。

「遠慮をしたが、今度は本気で斬る。覚悟をしろ」

大河が肚《はら》を据えたくぐもった声を漏らすと、三人は大河を囲むように動いた。

「伊佐美を逃すな」

大柄な男が仲間に言えば、

「伊佐美さん、逃げるのだ」

と、大河は背後にいる伊佐美をうながした。

「し、しかし……」

「いいから逃げるんです」

「す、すまぬ」

伊佐美はそう言うと逃げていった。

「やっ……」

細身の男が慌て顔をして伊佐美を追おうとしたが、その前に大河が立った。

「きさま、斬るぞ」

相手は言うなり、上段から刀を振り下ろしてきた。大河は右にまわり込むように体をひねり、相手の刀を打ち落とした。

「あわッ」

相手は片膝《かたひざ》をついて刀を構え直そうとしたが、腕が痺《しび》れているらしく顔をしかめた。大河はその間に、大柄な男との間合いを詰め、右面左面と刀を交互に振った。振るたびに、ビュンビュンと風切り音が立った。

相手はその音に臆《おく》したのか、じりじりと下がっていく。

「待て、きさまには何の意趣もない。斬り合いはこれまでだ」

そう言ったのは、頑丈な体をしている男だった。

「先に刀を抜いて斬りかかってきたのは、お手前らのほうだ。勝負がつくまでおれはやる。さあ、来やがれッ！」

最後は裂帛《れっぱく》の気合いを込めて言い放った。

「待て、待て……」

大柄な男が下がりながら言う。大河は相手が劣勢になったのを見ると、

「刀を抜いたが最後。命のやり取りをするまでは刀は引かぬ！　かかってこないなら、遠慮なく死んでもらおう！　だあーッ！」

大河が大音声を発して刀を振りあげると、三人はさらに遠ざかり、

「ええい、とんだ邪魔立てをしおって」

と、大柄な男がさも悔しそうな顔をしてさらに下がった。

もう戦うつもりはなさそうだ。だが、大河は追い込むように、片手で持った刀を振りあげて三人に迫った。

「退《ひ》け、退くんだ」

大柄な男が仲間をうながした。大河との距離がさらに遠くなった。

「卑怯《ひきょう》者！」

「何だと」

牙《きば》を剝《む》くような顔をしたのは、細身の男だった。顔を真っ赤にして刀を八相に構えて突進してきた。

大河は両足を開いて仁王立ちになり、袈裟《けさ》懸けに振ってきた相手の刀を、体を捻《ひね》ってかわし、逆袈裟に刀を振り上げた。

かろうじてかわされたが、相手の袖口《そでぐち》を斬っていた。いや、腕も斬っていたようで、左手首から血を滴らせていた。

そのとき立ち位置は逆転していたが、細身の男は歯嚙《はが》みをするような顔で後じさり、

「無事にはすまぬからな」

と、捨て科白《ぜりふ》を吐き逃げるように遠ざかり、連れの二人といっしょに久留米藩邸

のほうへ去っていった。

大河は興奮していた。刀を鞘《さや》に納めようとして途中で止め、刃を眺めた。血はついていなかったが、初めて人を斬った。

殺してはいないが、刀で傷つけたという興奮が心の臓を騒がせていた。

（斬った……）

じっと刀を見て鞘に納め、もう一度さっきの三人が去ったほうを見た。もうその姿はなかった。

これまで味わったことのない高揚感があった。それは恐怖でもあり、説明のつかぬ驚きでもあった。

興奮を静めるために乱れた呼吸を整えながら歩き、伊佐美のことを考えた。彼は真木和泉という師への届け物を、同志から受け取るはずだった。だが、そこに同志の姿はなく、代わりにさっきの三人がいた。

そして、伊佐美のことを「藩命に叛いた謀反人であり咎人である」と、言った。

脱藩者だからそう言われたのか、

（それとも伊佐美殿は、他に罪を作っているのか？）

大河にはわからないことだった。

ただ、伊佐美が無事国許《くにもと》に帰り着くことを祈るのみである。

その日、道場に行くと、栂野貫太郎の姿があった。

大河は栂野から離れた場所で支度にかかったが、ときどき栂野に視線を注いだ。窓際で一人素振りをしている。体をならすための運動である。

その栂野が大河に気づいたのは、稽古《けいこ》をはじめてしばらくしてのことだった。格下の門弟に打ち込み稽古をさせたあとだった。

「山本、久しぶりであるな」

声をかけてきたのは栂野だった。

「炊き出しに行っておられたそうですね」

大河は面を外して応じた。

「賄方《まかないかた》はこういうときに重宝される。しかし、黒船はついに江戸には来なかった」

栂野は顔に張りついている汗を拭《ぬぐ》って腰を下ろした。

「もう炊き出しには行かれないのですか？」

「他の者に代わってもらったので、おれは藩邸での仕事になる」

栂野が勤仕している津山藩邸は、道場に近い鍛冶橋御門内にある。

「存分に稽古ができるようになったということですか」

大河は栂野の横に座った。昨年のことをどうやって切り出せばよいかと、頭の隅で考える。

「そうだな。この道場が近くなったのは嬉《うれ》しいが、何かとこき使われる身で苦労は絶えぬ」

栂野は快活に笑った。

大河は昨年のことを遠回しにでもよいから聞きたいが、直截《ちょくせつ》に訊《たず》ねることができない。

「どうだ、久しぶりに汗を流すか」

栂野が笑みを向けてくる。

「お願いします」

大河は応じたあとで、

「そうだ。栂野さん、去年のことです。わたしは練兵館の斎藤歓之助殿と他流試合をやりました」

と、話を向けた。

「勝ったというのは知っている」

栂野は笑みを引っ込めた。

「あの試合のとき、わたしはまともな体ではなかったのです」

「ほう、そうであったか」

「じつは怪我をしていたのです。栂野さんはそのことを知っていましたか？」

「なぜ、おれがそんなことを……」

栂野の視線が短く泳いだ。

「では、誰かにそのことを聞いてはいませんか？」

「誰にも聞いてはおらぬ。おかしな野郎だ。なぜ、そんなことを聞く」

（この人は嘘つきだ）

大河は栂野を強くにらみ、

「気になっていることがあったまでです。では、相手をお願いいたします」

と、先に立ち上がった。

すぐに掛かり稽古をやったが、大河はいつもより強く打ち込み、受けにまわったときも隙を見つければ即座に技を返した。

終わったときには二人とも息を喘《あえ》がせ、汗を噴き出していた。

「もう少し遠慮してくれぬか。おれもつい本気になってしもうたわい」

栂野はハアハアと荒い息をしながら言った。

「手加減したら稽古になりません」

大河はそう言って、いつか化けの皮を剝《は》がしてやると、心に決めた。

七

お玉ヶ池道場に三人の侍があらわれたのは、翌日のことだった。

道場で門弟らの指導をしていた道三郎は、

「待て」

と、稽古を中断して、玄関にあらわれた三人の前へ行った。

「なにかご用でございましょうか？」

「わたしは久留米藩有馬家の家臣中森《なかもり》孝之助《こうのすけ》と申す者です。つかぬことをお訊ねいたすが、こちらの道場に山本大河なる門弟はいますか？」

問うてくるのは細身の男だった。双眸《そうぼう》が鋭い。

「山本ならうちの門弟ですが……試合の申し入れでございましょうか？」

大河の名は知れてきている。もしやと思い、道三郎は聞いたのだった。

「さようなことではありません。会って話をしなければなりません。と申すより、身柄を身共らに預けていただきたいのです」

　中森は目を光らせて稽古中の門弟らを眺めた。そばに控える二人の侍も険悪な表情をしている。

「山本はこちらの道場ではなく、鍛冶橋のほうなのですが、どういうことでございましょう？　わたしは初代宗家千葉周作の三男道三郎と申します」

　中森は一歩前に出てきて、

「昨日のことでござる。家中の謀反人を召し捕ろうとしたところ、その山本に邪魔をされたうえ、斬られて怪我をした」

　と言って、左腕に巻いている晒《さらし》を見せた。

　道三郎は大きく眉《まゆ》を動かして驚いた。

「少々お待ちいただけますか」

「まさか、山本を逃がすつもりではないでしょうな」

　母屋に行こうとした道三郎を、中森の声が引きとめた。

「こちらの道場は水戸家と強い関わりがある。当家とは考えを異にしている」

　道三郎は、言葉を足した中森を振り返った。

　水戸家は尊攘《そんじょう》派が大勢を占めている。相手はそのことを言っているのだと気づいた。つまり、久留米藩有馬家は佐幕派ということなのだろう。

「玄関での立ち話はできぬでしょう。当主に伺いを立ててきますゆえ、お待ちください」

道三郎は軽く会釈をすると三人を玄関に待たせたまま、奇蘇太郎のいる母屋に急いだ。よからぬことが起きそうな気がして、胸がざわついていた。

（大河め。いったい何をやらかしたのだ）

その疑問は大きいが、とにかく有馬家の者から詳しい話を聞かなければならない。

奥座敷を書斎にしている奇蘇太郎のもとに行くと、玄関でのやり取りをざっと話した。

「あの山本が、刃傷《にんじょう》を……」

奇蘇太郎は眉を動かして道三郎を見てきた。

「詳しいことはわかりませんが、有馬家のご家来が玄関で待っています。ことがことだけに立ち話はできません」

「話を聞こう。客座敷に通してくれ」

文机《ふづくえ》についていた奇蘇太郎は帳簿を片づけながら言った。

道三郎はすぐに玄関に戻り、三人を母屋の客座敷に上げた。

「うちの門弟が刃傷に及んだと聞きましたが、まことでございましょうか？」

奇蘇太郎はおのれのことを名乗ってから、中森孝之助と連れの二人を見た。三人は有馬家の徒目《かちめ》付《つけ》だった。

「斬り合いになったのには、それなりの経緯がござる。そのことはともかく、山本大河と話をしたいので会わせてもらいたい」

中森は奇蘇太郎を見、そして道三郎にも鋭い目を向けた。

「山本は鍛冶橋道場の門弟でここにはいません。何故、さようなことになったのか、少し話をお聞かせ願えませんか」

奇蘇太郎は落ち着いていた。

そばに控える道三郎は、そんな兄に頼もしさを覚えた。

「話せば長くなるので手短に申しあげる。身共らは国許の領内で人を殺し、脱藩を図って逃げた伊佐美新助なる男を捜していた。伊佐美が江戸に潜伏していると知り、ひそかに探りを入れ調べを進めているうちに、当家の某家臣と通じ、昨日会うことを突きとめ、その場所の見張りをしていたところ、伊佐美があらわれたのだが、山本大河なるこちらの門弟が割り込んできて、伊佐美を庇《かば》い立てして逃がしたのです。そのときのいざこざで斬り合いになり、まんまと伊佐美に逃げられてしまった」

「斬り合いになったのは、山本が刀を抜いて阻んだからですか？」

　奇蘇太郎は肝心なことを聞いた。

「刀を抜いたのは身共らが先だった。だが、それは致し方ないことであった」

　道三郎は奇蘇太郎を見た。先に大河が抜いていないのなら救いがあると思った。

　奇蘇太郎は顔色も変えず、

「それで山本をいかがされるつもりです？」

　と、聞いた。

　道三郎が気になることであった。

「まずは会わせてもらわなければ困る。話はそれからのこと……。鍛冶橋の道場にいるとわかっておれば、先にそちらへ行ったのですが……」

「お怪我をされているのですね」

　奇蘇太郎は中森を見た。

「怪我はかすり傷でたいしたことはない。それより、山本大河なる門弟に会わなければならぬ。鍛冶橋へ行けばすぐにも会えますか？」

「会って取り押さえるということでしょうか？」

　中森はすぐには答えず、細い顎《あご》を撫《な》でた。奇蘇太郎は言葉をついだ。

「刃傷沙汰《ざた》を起こしたのは市中でございますね。しかも、先に刀を抜かれたのは中森様たちだったと、いまおっしゃいましたね。咎人《とがにん》を逃がしたのはいただけませんが、この一件は町奉行所の調べとなるのではありませんか」

「何ですと……」

中森は顔を紅潮させ目を剝《む》いた。

「ご当家にて人を殺し、脱藩をした咎人の一件は、ご当家の裁きとなりましょうが、江戸市中においての犯罪は町奉行所が調べることになっています。まして、山本は浪人です」

道三郎は兄奇蘇太郎の新たな一面を知る思いだった。宗家を継いだ兄はいつの間にか頼もしくなっている。

「拙者はその浪人に斬られて怪我をしておるのだ。そればかりではなく、その山本は咎人を逃がしたのだ。悠長なことは言っておれぬ。お手前どもでは話にならん。鍛冶橋にいるなら、これから乗り込むまでのこと」

中森は憤然と言い放つと、畳を蹴《け》るようにして立ち上がった。

第三章　謹　慎

一

大河はその朝、道場から呼び出しを受けた。呼びに来たのは鍛冶橋道場の当主定吉が使っている下僕だった。

「急ぎ来ていただきたいとのことでございます」

下僕はぺこぺこ頭を下げるだけで、何用だと聞いてもわからないと首をかしげる。

とにかく重太郎先生がお呼びですと言う。

五つ（午前八時）前で大河は自炊した簡単な朝餉《あさげ》を終えたばかりだったが、そのまま着替えをして定吉の家を訪ねた。

玄関に入って声をかけると、奥から道三郎が出てきた。なぜ、道三郎がそこにい

るのか少し解せなかったが、

「何かありましたか？」

と、訊《たず》ねた。

「大ありだ。困ったことになっておるぞ」

いつもの道三郎と違う顔つきで、言葉にも険があった。

「何です？」

「いいから上がれ」

道三郎に案内され奥の座敷に行くと、重太郎が苦々しい顔をしていた。わけもわからずに腰を下ろすと、

「大河、有馬家の者と斬り合ったそうであるな」

と、重太郎が開口一番に言った。

大河は内心で「あッ」と、声を漏らした。

「そのつもりはなかったのですが、行きがかりで刀を抜くことになりました」

「有馬家の目付がおぬしを引き渡せと言ってきている」

「重太郎さんが、それを拒み、ここで話をすることになった」

道三郎が言葉を添えた。

「どういうことです？」

大河は重太郎と道三郎を交互に眺めた。

「おぬしが庇った伊佐美新助なる者は、藩の掟《おきて》を破ったばかりでなく、領内にて同じ藩士を斬り殺したうえ逃げていたのだ」

重太郎がまっすぐ見てくる。

「は……」

寝耳に水である。

「その伊佐美とは知り合いだったのか？」

「いえ、たまたま町で会い。行き場をなくして困っていたので、わたしの長屋にしばらく泊めただけです。脱藩したというのは聞いていましたが、まさか人を斬っていたとは……」

「有馬家から人が来る。正直に嘘偽りなく話してもらう」

「嘘などつきようがありません」

重太郎は大きく嘆息した。

「伊佐美をおぬしの長屋に泊めたということは、罪人を匿《かくま》ったということになる。町奉行所に手配りされている者だったら、おぬしも人殺しと同じ罪になるところなのだ」

「そんな……」

大河は目をしばたたく。

「だが、相手は有馬家の元家来で、探索をしていたのも同じ有馬家の目付。町奉行所に訴えることではない。かといって、おぬしを有馬家に引き渡すこともできぬ。だから、先方から来てもらい話をしてもらうことになっておる」

「さようなことでしたか」

大河はふうと息を吐いた。

「刀を抜いたのは相手が先だったらしいが、さようか？」

「そうです。斬りかかってきたので、抜きました。まさかほんとうに斬り合いになるとは思いませんでしたが、そうなってしまい……」

「刀を抜いたら斬るか斬られるかだ。まあ、斬られなくてよかったが……」

廊下に女中があらわれ、客が来たことを告げた。

言葉を切った重太郎は、ここへ案内するように命じて、

「見えたようだ」

と、大河に視線を戻し、

「隠し事をしてはならぬ」

と、言葉を足した。

「隠すことは何もありません」

すぐに有馬家の目付があらわれた。二人である。一人は知っている男だった。大河が斬った男だ。もう一人は初めて見る顔だった。

大河と斬り合ったのは、中森孝之助といった。もう一人は馬廻《うままわり》役だった。

中森は大河を見るなり、刺々《とげとげ》しい目を向けてきた。大河はその眼光を撥《は》ねつけるようににらみ返した。何でも聞きやがれと、腹のなかで毒づく。

「一昨日《おととい》はご挨拶《あいさつ》であったな」

中森は重太郎と短いやりとりをしたあとで、大河に目を向けた。

「…………」

大河は黙って見返す。

「訊ねるが伊佐美とはどこで知り合ったのだ？」

「家の近くでござる。伊佐美殿が人を斬ったというのは知りもしなければ、詳しい話を聞いたわけでもありませんよ。いったいなんです？」

「これ」

道三郎が膝《ひざ》をたたいて注意した。大河は畳に視線を落とす。

「伊佐美とどんな話をした？」

「脱藩したというのは聞いているが、詳しいことは聞いていない」

大河の不遜《ふそん》な態度に、中森は腹を立てた顔になったが、

「伊佐美はどこへ行くと言っていた？　それは聞いておろう」

と、眼光鋭くにらんでくる。

「国に帰ると言っていた。同志から受け取る物があるので、それをもらってからということであった」

「その同志というのは、伊佐美の仲間だ。拙者らがその男を問い詰めて、伊佐美を召し捕るために待っていたのだ」

「そんなことは何も知らぬこと」

「伊佐美とどんな話をした？　何でもいいから教えてくれ。どんな些《さ》細《さい》なことでもよい」

「おれを捕まえに来たのではないのか？」

また道三郎に膝をたたかれた。

「拙者らの目的は伊佐美を捕まえることである。そなたは浪人のようだし、家中の

者でもない。伊佐美から何か聞いているはずだと思うが……」

中森は粘つく視線を向けてくる。

「たいした話はしておらぬ。世間がどうの、黒船がどうのといったことだ。おれは政にも世事にも疎い。難しい話をされても面白くないし、興味もわかぬ。だが、伊佐美殿はそんな話はしていない」

多少聞いてはいるが、話す気にならなかった。

「隠し立てはならぬ！　伊佐美は何か言ったはずだ！」

中森は声を荒らげた。

「聞いておらぬことをどうやって話せと言うのだ？　作り話ならいくらでもできるが、知らぬものは知らんのだ。まるで罪人の調べではないか」

大河は眼光鋭くにらんだ。権高に出てくる者に対する反抗心がわいていた。

中森は怒りを押し殺した顔で、どんなことでもいいから話したことを教えろと言った。大河は天気の話や料理の話をしたと言うだけで、中森の満足することは口にできなかった。そもそもそんな話はしていないのだ。

しかし、中森はしつこい。何か思い出せ、藩政の話は出なかったか、あるいは攘《じょう》夷《い》や黒船についての話をしなかったかと、何度も同じことを聞く。まるで訊問《じんもん》である。

大河も同じ答えを返すだけだ。ついに中森はあきらめ、

「では、伊佐美は国に帰ってどこへ行くと言っていた？　それぐらい聞いておろう」

と、だめ押しをした。

「……真木何とかという方のところへ行くようなことを聞いた気がする」

大河は耳をほじって答えた。これぐらいはいいだろうと思ったし、早くこの場を去りたかった。

中森は連れの馬廻役と一度顔を見合わせた。

「他には聞いておらぬのだな？」

大河は黙って首を振った。

中森は大きくため息をつくと、重太郎に視線を移し、

「朝早くからお騒がせいたしました」

と、気持ちのこもっていない挨拶をして席を立った。

二

「大河、いったいどうしたのだ？　いつものおまえではないぞ」

中森らを見送った道三郎が玄関から戻ってきて言った。

「人を罪人のように言うからです」

「それにしても、面倒なことを……」

「道三郎さん、おれは何も悪いことはしていない。そうではありませぬか」

大河はキッとした目で道三郎を見た。

「そうかもしれぬが、このままでは……」

「大河」

玄関から戻ってきた重太郎が、道三郎の言葉を遮った。

「事なきを得たが、刃傷沙汰《にんじょうざた》を起こしたのはいただけぬ。まあ、先に相手が刀を抜いたというのはわかっている。だが、道場としては見過ごすことはできぬ」

大河の前に座った重太郎は静かな眼差《まなざ》しを向けてきた。

「どういうことでしょう？」

「市中での斬り合いは御法度だ。そなたも承知していようが、道場にもそれなりの掟《おきて》がある。此度《こたび》の一件を見過ごせば他の門弟への示しがつかぬ」

「………」

大河はまっすぐ重太郎を見た。

「しばらく道場への出入りを禁ずる」

「重太郎さん……」

道三郎が慌てた顔をしたが、大河は口を引き結び、

「承知いたしました」

と、頭を下げた。

「追って沙汰する」

大河が玄関を出ると、道三郎が追いかけてきた。

「待て、待つんだ」

表通りに出たところで、大河は立ち止まって振り返った。

「腹を立てているのか？」

「いえ」

「おまえが悪いわけではない。重太郎さんも苦しいのだ」

「わかっています」

道三郎は小さく嘆息して、

「茶でも飲もう」

と、大河を近くの茶屋に誘った。

茶屋の床几《しょうぎ》に並んで座ったが、茶が運ばれてきても大河は黙っていた。

「まさかこんなことになろうとは……じつはな」

先に道三郎が口を開いた。

「なんです？」

「重太郎さんは、おぬしを師範代にしようと考えていたのだ。定吉叔父《おじ》も承知されていた。おまえにはそれだけの力があると、誰もが認めている。その矢先のことだけに……」

「おれが師範代に……」

大河は目をみはっていた。

「栂野さんが重太郎さんの代わりを務めていたが、正式ではなかった。そこで大河を師範代にという話があったのだ。まだ早いと奇蘇兄さんは言うが、重太郎さんは不足はないと言われていたのだ」

大河はそうだったのかと唇を噛《か》んだ。

「だが、いずれ謹慎は許される。そのときには晴れて師範代だ。気を落とすことはない」

「おれは気落ちなどしていませんよ」

大河はそう言ってニカッと笑って見せた。

「それを聞いて安心した。しかし、昨日はどうなることかと心配していたのだ。事が事だけに重い刑を受けることになりはしないかと気が気でなかった。だが、奇蘇兄さんの対応がよかった。非は大河にないことをはっきり言われたからな。重太郎さんも、あくまでもおまえを庇《かば》ってくださった」

「ありがたいことです」

大河は茶に口をつけた。

「それでどうするのだ。しばらくは道場への出入りはできぬが……」

道三郎はあくまでも同情的だ。

年が同じということもあるが、大河が玄武館に入ってからずっと道三郎は親身に付き合ってくれている。他流試合の便宜をはかってもくれた。

「出稽古《でげいこ》があります。重太郎先生は、出稽古まで禁じられませんでした。まあ、しばらくはそっちで腕を磨くことにします」

「そうだな、それしかあるまいな。しかし、さっきは少し驚いた」

「何がです？」

「中森殿とのやり取りだ。おまえは昂然《こうぜん》としていた。一切の怯《ひる》みも見せなかった。おれはそばにいてヒヤヒヤしていたが、内心頼もしく思いもした」

「おれに非があれば違ったでしょうが……。まあ、親切が仇《あだ》になることもあるというのを学んだと思えばいいだけです」

そういう大河に道三郎は微笑んだ。

三

桜が満開になり、江戸の町はいよいよ華やいだ季節を迎えた。黒船騒ぎは幕府を悩ませ、またペリーとの交渉も一応すみはしたが、子供がだだをこねるようにペリーは率いてきた艦隊を神奈川沖や下田沖に停泊させつづけていた。

それは神奈川で結んだ条約協定にまだ不満があったからで、さらに幕府の動静を窺《うかが》う目的もあった。

無論、庶民はそんなことは知らない。幕府がアメリカと体《てい》のいい交渉をして、うまくとりまとめているというような按配《あんばい》である。昨年の黒船騒ぎ同様、庶民の異国への意識は薄れつつあった。

原野《はらの》剛太郎《ごうたろう》もその一人であった。剛太郎は佐賀藩の下級武士の倅《せがれ》で、それも次男であった。家督相続のできない身の上だったが、そんなことはさらさら気にしていなかった。

かえって長兄がいたことに感謝するほどだ。親の跡を継いだからといっても、所《しょ》詮《せん》家禄《かろく》の少ない貧乏侍でしかない。無論出世も望めない。

だったらおれはさっさと家を出て、おのれの道を進むと、十一歳で父親の知己を頼って柳川藩の大石進の剣術道場に入門し、二年前江戸に出てきて士学館《しがくかん》の門弟になっていた。

「原野、おぬしはどう思う？」

声をかけてきたのは、日下《くさか》という長州藩士だった。原野剛太郎は士学館からほどない木挽《こびき》町の居酒屋で、同門の子弟らと酒を飲んでいるのだった。

「どう思うって、何をだ？」

剛太郎はじろりと日下をにらむように見る。酔っていなくてもこの男の目は据わっているので、初対面の者には悪印象を与え、近寄りがたいものを感じさせる。それにぶっきらぼうだ。

「黒船に乗り込もうとしたやつらのことだ。聞いておらぬのか……」

「そんなやつがいたのか。それでどうしたのだ？」

「しくじって捕まったということだ。まったく何を考えておるかわからん奴原《やつばら》だ。それもこの近くにある塾の門人だというから聞いてあきれるわい」

日下が小馬鹿にしたように笑うと、

「吉田《よしだ》某と金子《かねこ》某と聞いた。黒船に乗って異人に膝《ひざ》を屈し、アメリカに渡ろうと考えておったらしい」

と、銚子《ちょうし》を持ってそばに来た者がいた。名は吉田と言ったか坂田《さかた》と言ったか……思い出せない。剛太郎は「ふん」と鼻で笑った。

「それにしても幕府も弱腰だ。ペリーと和親を結んだというのだからな。おまけに下田と箱館への出入りを許し、薪炭や糧食を与えると言うのだ」

「詳しいな」

剛太郎は酒を嘗《な》めるように飲んで、坂田か吉田かわからぬ男を見た。

「下田にはアメリカの役所を置くらしい。つまり、異人が下田をうろつくようになるということだ。見つけたらたたっ斬ってやろうではないか」

日下が威勢のいいことを言えば、坂田か吉田かわからぬ男が、

「黒船に乗ろうとしていたのは、長州の者だぞ」

と、教える。

「まことか？」

「そう聞いた。拙者と同じ吉田という男で、脱藩をしていたらしい」

「それなら、松陰《しょういん》などと名乗って学者面をしている吉田寅次《とらじ》郎《ろう》という者だ。そうかあやつが……」

「おい、つまらぬ話ばかりしおって、おぬしらはいったい士学館に何のために通っておるのだ。他人の噂をするために剣術を習っておるのではあるまい」

剛太郎は吉田と日下に苦言を呈した。二人が黙り込むと、

「おれはそんな話は好きではない。それより、相手を捜しておるのだ」

「相手……」

「そうだ。昨日耳にしたが、島村八次《はちじ》郎《ろう》が玄武館の門弟と試合をして負けたというではないか」

「あのどケチの島村殿が……」

吉田が目をまるくすると、日下が言葉を添えた。

「それなら聞いておる。玄武館の山本大河という門弟だ。どういうやつか知らぬが、かなりの腕利きらしい」

剛太郎はギラッと目を光らせた。

「山本大河……そやつに会えるか？　いや一度やってみたいものだ」

剛太郎はくすんだ壁の一点を凝視して舌なめずりをした。

「道場に行けば会えるのではないか。まさか原野、他流試合をやると言うか」

日下が興味ありげな顔をする。

「士学館の者たちの腕はわかった。他の道場の者とやって、おのれの腕を試したいのだ。島村殿をまかした相手なら不足はなかろう」

日下と吉田は顔を見合わせた。

「玄武館はお玉ヶ池と鍛冶橋にあるが、その山本という野郎はどっちの門弟だ？」

剛太郎は二人を眺めた。

周囲は客と料理や酒を運ぶ女中たちの声で喧噪《けんそう》としていた。酔いのまわった客は声が大きくなり、勝手なことをしゃべり、そしてゲラゲラと笑っている。

「さあ、どっちであろうか。島村殿に直接聞けばわかるのではないか」

日下に言われた剛太郎は「そうだな」とうなずいて、酒をあおった。

「他流試合もよかろうが、原野、島村殿と立ち合ってみたらどうだ？　島村殿に負けるようなら、恥をかくことになりはしないか」

剛太郎は日下の言葉にむっとなった。

「おれが島村殿に勝てぬと思っているのか……」

強くにらむと、日下は少し身を引いて苦笑いをした。

「まあ、それはやってみないとわからぬだろう」

「よし、それなら明日にでも島村殿と立ち会い稽古《げいこ》をやってやる」

剛太郎は憤然と言い放った。

四

海岸警固の任にあたる津山藩兵のために炊き出しの助っ人から戻った、同藩賄方の松尾《まつお》新《しん》右衛門《えもん》は鍛冶橋の藩邸に戻ってくるなり、

「松尾、おぬしは居残りであるな」

と、同輩の賄方に告げられた。

「どういうことだ？」

新右衛門は相手を見た。

「国への帰参は先延ばしになったということだ」

新右衛門は唖然《あぜん》となった。

相手が何を言っているのか、すぐにぴんと来た。六月には参勤交代が行われ、今年は国許《くにもと》に帰れるはずだった。それができないと言うのだ。

「いつ、決まったのだ？」

新右衛門は能面顔で聞いた。

「今日だ。ご家老からのお達しだ」

（そんな馬鹿なことはない）

新右衛門は内心で吐き捨てるなり、長屋を飛び出した。おい、どこへ行くんだという声が追いかけてきたが、裸足《はだし》のまま駆けた。

宵闇の下りた藩邸は静まっているが、勤番侍たちの住む長屋から楽しげな笑い声や灯《あか》りが庭に漏れていた。

新右衛門は栂野貫太郎の長屋の近くまで行くと、一度立ち止まった。

刀の柄《つか》に手をやり、荒れた呼吸を整えながら唇を噛《か》んだ。闇のなかで目を光らせ、怒りを静めようと刀の柄から手を離して、栂野の住む長屋の前で声をかけた。

「松尾か。入れ」

新右衛門は戸を開けて敷居をまたぐと、後ろ手で戸を閉めた。栂野は薄暗い行灯《あんどん》をつけただけの部屋で独酌をしていた。

「炊き出しの助が終わったのだな。まあ、上がってまいれ。いっしょにやろう」

栂野はそう言って、新たなぐい呑《の》みを取るために立とうとした。

「聞きましたよ」

新右衛門がそう言うと、栂野は浮かした尻《しり》を下ろした。

「何を聞いたと言う……」

「栂野さんは、今年は国に帰れるようにお留守居に話をつけると約束されましたね」

「あ、そのことか……」

「六月の帰参は叶《かな》わなくなったと聞いたのです」

「大声を出すな。それについては面倒なことがあるのだ。立ってないで上がれ」

「嘘だったのですね。わたしをうまく利用されたのですね。栂野さん、あなたはそういう人だったのですか」

新右衛門は栂野の前に座ると、まばたきもせずににらんだ。

「落ち着け。おれはお留守居に話をしておる。頭を下げて、おぬしのことを頼んだのだ。しかしながら黒船のことがあり、賄方の半分は江戸に残ることになった。他の勤番の多くもそうだ。おぬしだけではない。ここは国難を慮《おもんぱか》って堪《こら》えてくれと言われたのだ」

「わたしはやりたくないことをやったのです。恨みも何もない山本を斬りつけたのです」

「新右衛門、そのことは口にいたすな。忘れてくれ」

「忘れろですと……」

新右衛門は奥歯を強く嚙んだ。

「頼む、あれはなかったことにしてくれ。それに山本は大した傷は負っていなかった。おそらくかすり傷だったのだ。だから、斎藤歓之助殿に負けなかった」

「人を斬るというのが、どういうことだかわかっているのですか？　わたしは国に帰らせてもらいたい一心で、栂野さんの無理な相談を聞いたのです」

「新右衛門、腹立ちはわかる。勘弁できぬならこのとおり謝る。この穴埋めはきっとする。それにおれの一存ではどうにもならぬことなのだ。頼むから堪えてくれ」

栂野は両手をつき頭を下げながらそう言った。

新右衛門は斬りたくなった。だが、その衝動を一心に抑え込むと、

「もう、あなたを信用することはできぬ」

怒りを押し殺した声で吐き捨てると、そのまま梅野の部屋を出た。

新右衛門は藩邸の庭に呆然《ぼうぜん》と立ち尽くし、空に浮かぶ星を眺めた。虚《むな》しさが胸のうちに込み上げてきた。これで許嫁《いいなずけ》とは、あと一年会えなくなる。おのれが愚かだったと思う傍ら、便宜を図るからと自分を誤魔化し利用した梅野を心の底から憎く思った。

拳《こぶし》を強くにぎり締め、空にまたたく星を見つめて、

（すまぬ。すまぬ）

と、国許で自分の帰りを待つ許嫁に謝った。

五

「このところ山本さんの姿を見ないので、どうされているのだろうかと気になっていたら、なんと謹慎になったと知りびっくりしたんです」

大河の長屋を訪ねてきてそう言うのは、乾物屋吉田屋の次男徳次だった。

「誰に聞いた？」

大河は乱れていた浴衣《ゆかた》の襟を直して徳次を見た。

「みなさんご存じでした。ですが、そのわけは誰も教えてくれないんです」

こういったことは伏せようとしても伏せられない。大河もいずれ知られるだろうと覚悟はしていたし、知れたところで何とも思わない。

「人を斬ったのだ」

「えッ」

徳次は饅頭《まんじゆう》顔と同じように目をまるくした。

「斬ったとは言ってもかすり傷だ。それに先に刀を抜かれては、おれも逃げるわけにはいかぬからな。だが、このことあまり言うんじゃない」

「相手は誰だったんです？」

「さる大名家の目付だった。おれを罪人のような目で見て、さんざん知りもしないことを聞かれたが、まあ、終わったことだ」

「……災難でございましたね」

「当分道場へは通えないが、破門にならなかったのはさいわいだ」

「まあ、そうでしょうが……」

徳次は上がり口に座ったまま、

「稽古《けいこ》はどうするのです？」

と、聞く。

「出稽古先でやっておるさ。もっとも指南をするのが仕事だから、普段どおりにはいかぬが……。で、そんなことで来たのか？」

「山本さんのことが心配になりましたので……」

徳次はぺこりと頭を下げる。大河に懐いている憎めない男だ。鍛冶橋道場で修行しているが、腕のほうはさっぱり上がっていない。それでも本人は熱心に稽古をつづけている。

「面白いことはないか？」

大河は徳次に茶を淹《い》れてやった。

「ないですね。兄さんや親爺《おやじ》に小言をいわれてばかりですから……」

徳次はふうと湯気を吹いて茶を飲んだが、

「あ」

と、何かを思いだしたように顔を上げた。

「黒船に乗り込んだ二人の侍が捕まったそうです」

「黒船に……斬り込みにでも行ったか。そうであるなら面白い」

大河は体を動かして徳次を見た。

「そうではなくて、ペリーにアメリカに連れて行ってくれと頼んだそうです。ですが断られたので、奉行所に自首をして牢屋《ろうや》敷《しき》に送られたと聞きました」

「情けないことを。どこの何というやつらなのだ？」

「一人は吉田松陰という人で、もう一人は金子なんとかと言ったはずです」

「吉田松陰……」

大河はどこかで聞いた名だと思い、少し考えて思い出した。昨年、浦賀に黒船を見に行った折に会った男だ。

あの男が……と、内心でつぶやくが顔はあまり覚えていなかった。

「世の中にはいろんな人がいますね。だから面白いのでしょうが……」

「まあそうであろうが……」

大河は何気なしに応じたあとで、徳次にたしかめておきたいことを思い出した。

「徳次、去年のことだが、おぬしはそば屋で栂野さんの話を聞いたことがあったな」

「栂野さんの……」

徳次は視線を動かしてから、「ああ、あのことですか」と、顔を大河に向けた。

「そのときいっしょにいた男のことを覚えていないか？」

大河はその男が自分を襲ったのではないかと考えていた。斎藤歓之助と立ち合う前に、自分が怪我をしていたのを栂野は知っていた。それに先日、そのことを栂野に訊《たず》ねると、白を切る顔をした。どうしても、そのことが頭から離れず、ときどき思い出すのだ。

「さあ、あまり覚えておりません。でも、栂野さんと同じ勤番だと思います。そんな口ぶりだったような気がします」

すると、栂野と同じ津山藩士ということになる。同じ賄方かもしれない。

「何かあるんですか？」

「うむ、ちょっと気になっていることがあるだけだ。たいしたことではない。それにしても、ここで油を売っていていいのか」

「そろそろ帰らなきゃなりません。また、小言を言われますからね。ところで何か入用なものはありませんか？　あれば遠慮なく言ってください」

「いつもすまぬが、いまはない」

大河が答えると、徳次はまた遊びに来ると言って帰っていった。

一人になった大河はそばに置いていた刀を手に取った。元服したときに父甚三郎《じんざぶろう》から贈られたものだった。数物ではあるが、それが父の形見になった。

刀身を抜いて波紋を眺めていると、また栂野の顔を思い出した。どうしても栂野への疑念は払えない。

（しかし、どうしてくれよう）

大河は内心でつぶやき、さっと刀を一振りして鞘《さや》に納めた。

六

桜の花が散り始めたその日、原野剛太郎は、お玉ヶ池まで足を運んでみた。

（ここが千葉道場か……）

玄関のそばに立ち、長々と門弟らの稽古ぶりを眺めた。

士学館と同じように面・籠手《こて》・胴をつけての稽古である。威勢のいいかけ声が表まで届いてくる。

道場玄関を出入りする門弟らが奇異な目を向けてきたが、剛太郎はまったく気にしなかった。それに士学館と同じような稽古をしているだけで、とくに気づくことはない。

剛太郎は千葉周作の名も、その倅《せがれ》の奇蘇太郎や栄次郎の名も知っている。とくに九州にいる頃から周作の高名は何度も耳にしていた。

師の大石進もその周作と立ち合ったことがある。結果は引き分けだと聞いているが、自分もやってみたいと江戸に出てくる前に大石に言ったことがある。

「よせよせ、もはや周作殿はわしと同じ高齢だ。それにおぬしの腕はまだその域まては達しておらぬ」

そう窘《たしな》められた。

だが、剛太郎には剣で身を立てたいという強い願望がある。下級武士の倅、それも次男というだけで出世の望みはない。自分の身は自分で立てるしかない。それ故に、師の大石進に対する憧《あこが》れは強かった。

大石も貧乏侍の倅だったが、剣一本で出世し、道場を持ち藩の剣術指南役になり百石の禄《ろく》を得ている。

(おれも師のようになりたい)

剛太郎はそう思っているのだった。

お玉ヶ池道場を離れると、のんびりと日本橋へ足を向けた。今日は車力仕事が休みなので、剛太郎は余裕であった。

しかしながら、江戸へ修行に来たはいいが、思い通りにいっていない。その焦りが常に心のどこかにあった。

まずは父親の知己を頼って江戸に来たのだがあてが外れた。

父は言った。

「わしの倅だと知れば、きっと親切に面倒を見てくれる、大船に乗ったつもりで存分に修行に励むのだ」

ところが、父親の知り合いは夜逃げをしていなかった。しかたなく、手持ちの金で貧乏長屋に入った。

士学館に入門はできたが、暮らしが立たないので、車力仕事をするようになった。ところが、稽古《けいこ》のために仕事を休むと、雇い主は明日から暇を出すと脅す。

やめてもよかったが、おいそれと仕事は見つからないし、常に手許《てもと》不如意だからつづけるしかない。

かといって車力仕事と剣術修行は両立できない。おまけに国許にいる妻には二歳になる子供がいる。先日は仕送りをしてくれないかという手紙が来た。

知らぬふりはできぬので、手持ちの金を送ってやったが、決して十分ではない。妻も子供も腹を空《す》かしているのではないかと思うと、ちくりと胸が痛む。

しかし、昨日は給金をもらった。満足いく金ではないが、妻に仕送りもした。それ故に、少しだけ心にゆとりがあった。

江戸は田舎と違って華やかである。人も多いし、商家の数も佐賀の田舎とは比べようもない。色とりどりの暖簾《のれん》や大店《おおだな》の上に掲げてある屋根看板を見るだけでも楽しい。

町娘も小ぎれいだし、武家の妻には品を感じる。江戸は面白いし、楽しい。修行にきてよかったと思うが、早く強くなり名を上げ、剣術で飯を食える男にならなければならぬ。そのために江戸にやってきたのだ。

人通りの多い華やかな通りをそれて脇道に入った。そこにもいろんな店があり、戸口の脇には花の小鉢が飾られ、どこからともなく桜の花びらが風に運ばれてくる。日本橋川に架かる一石《いちこく》橋をわたり、堀向こうの大名屋敷を眺めて歩く。その先には江戸城の櫓《やぐら》が見える。

鍛冶橋の手前まで来ると、そのまま玄武館道場へ足を向けた。千葉周作の弟定吉が作った道場だ。いまは長男の重太郎が当主を代行していると聞く。

道場はお玉ヶ池に比べると小さいが、門弟らの熱気は変わることがない。武者窓から稽古ぶりをのぞいていると、なにかご用ですかと声をかけられた。

「いや、ここがかの有名な道場かと思って見学しているところです」

相手は三十前後の侍だった。老け顔なのでもっと若いかもしれないが、竹刀袋を持っているので門弟のようだ。

「入門されたいのなら、取り次ぎますが……」

相手は親切なことを言う。

「それには及びません。それより、山本大河という門弟がいると聞いたのですが」

相手は眉宇《びう》をひそめた。

「拙者は原野剛太郎と申す者で剣術修行で江戸に来ているのです」

「どこからおいでになった？」

「佐賀です」

「西国か。それはご苦労でござるな。山本はうちの門弟ですが、なにかご用で？」

「名前を聞いたので、どんなご仁かと思いまして……」

「体の大きな男です。貴殿と年は同じぐらいでしょうか。拙者は栂野貫太郎と申す。ときどき師範代をやっている者です。とは申しても当座の師範ではありますが」

「ほう」

剛太郎は大きな眉《まゆ》を動かして、栂野をあらためて見た。色黒で頑丈そうな体をしている。師範代を務めるほどだからかなりの腕前なのだろう。

「山本の名をどこでお聞きになりました？」

剛太郎はどう答えようか少し迷い、噂を聞いたので気になったのですと言った。

「まあ、山本は驚くほど早く腕を上げた男ですからな。しかし、いまはおりません。わけあってしばらく道場には出てこないのです」

「何故……」

栂野は「それは」と言っただけで、口を閉じ首を横に振った。何やらわけありのようだ。

「山本殿の顔だけでも見ておこうと思ったのですが、それは残念な」

そのまま会釈をして去ろうとしたが、すぐに呼び止められた。

「江戸に修行においでになってらっしゃるのですな。すると、どこぞの道場で……」

「士学館です」

「桃井《ももい》さんのところでしたか。励んで腕を磨いてくだされ」

栂野は見下したようなことを言って、先に背を向けて歩き去った。

（何だあの野郎）

剛太郎は栂野の背中をひとにらみしてその場を離れたが、道場から漏れ聞こえてくる気合いの声や、竹刀のぶつかり合う音がしばらく背中を追いかけてきた。

蜊《あさり》河岸の士学館の近くまで来ると一膳飯屋《いちぜんめしや》に入った。と、幅広の飯台に腰掛けてうどんを食べている男がいた。同門の島村八次郎だった。

「やあ、島村さん」

剛太郎は気安く声をかけて隣に腰を下ろすと、店の者に島村と同じうどんを注文した。

「これからか……」

島村はうどんをすすりながら上目遣いに見てくる。

「腹拵《はらごしら》えしてから汗を流すつもりです」

「熱心なことだ」

「ところで聞いたのですが、島村さんは玄武館の山本大河と立ち合われたそうですね」

いきなり島村は咽《む》せて胸をたたいた。

「それがどうした？」

「この頃、その山本が名を売っていると聞いたんです。立ち合ってどうでした？」

島村は食べ終えた丼《どんぶり》を脇に置き、茶を飲んでから顔を向けてきた。面白くなさそうな顔つきだ。

「どうって、そこそこやるやつだった。誰にそんなことを聞いた？」

島村はふんと鼻を鳴らし、

「山本と試合でもするつもりか？」

と、無表情に聞く。

「やってみようと思うんです。さっき鍛冶橋の道場に行きましたが、山本はしばらく休んでいるようでしてね」

「おぬしがあやつと……まあ、やつが受けてくれるかどうかわからぬが、強いぞ。いまのおぬしでは……」

「負けるとおっしゃいますか」

剛太郎は島村をにらむように見る。自分より上位者だが、年は同じぐらいだった。

「まあ、勝負は時の運とも言うが、なまなかな腕ではない」

「島村さんは勝ちましたか？」

島村は頬を引き攣《つ》るように震わせ苦い顔をした。

「あのときは負けた。だが、つぎにやるときは勝ちは譲らぬ」

負け惜しみだなと、剛太郎は内心で思った。

「すると島村さんと互角ということですか」

「一度しか立ち合っておらんのだ。そんなことはわからん」

島村は切って捨てるようなもの言いをして、店の者に勘定はここだと、金を置いて立ち上がったが、剛太郎をにらむように見下ろしてきた。

「おれのことをあまり言いふらすな。よいな」

島村は釘《くぎ》を刺してそのまま店を出て行った。

見送った剛太郎は不遜《ふそん》な笑みを浮かべ、山本大河とやる前に島村八次郎をねじ伏せようと考えた。そこへうどんが運ばれてきたので、剛太郎はずるずると音をさせてすすった。

七

松尾新右衛門は台所の片付けを終えると、表御殿から庭に出た。ぬるい夜風が頬を包み込んだ。庭に出ると、勤番侍の宿泊所である長屋に向かった。

表門の両側に長屋はつづいている。陽気がよくなったので戸を開けている部屋が多い。

酒盛りをやっているらしい勤番の笑い声が聞こえてもくる。

砂利の上を音もなく歩く新右衛門は、桐野貫太郎の部屋の近くで足を止めた。戸障子の灯《あか》りがあり、動く影が映り込んだ。

新右衛門は唇を嚙《か》んで、その影をにらんだ。

(やはり許せぬ)

おれは嘘をつかれたのだ。気乗りしないことを、無理に押しつけられただけにすぎぬ。山本大河を斬りつけたときのあの感触はいまも思い出す。いやな記憶である。

卑怯《ひきょう》な闇討ちは、忘れたくても忘れられない。それを強いたのは桐野貫太郎だ。

新右衛門は暗い空に浮かぶ星を見上げ、

(お初《はつ》、許せ……)

と、許嫁《いいなずけ》の名を胸のうちでつぶやくと、自分の長屋に帰った。

「遅くまでご苦労であるな。やるか……」

先に酒を飲んでいた同部屋の者が軽く湯呑《ゆの》みを掲げた。

「いや、いらぬ」

新右衛門はそのまま襷《たすき》を掛け、自分の刀をつかむと長屋を出た。

「おい、どこへ行くのだ？」

声が追いかけてきたが、新右衛門は何かに取り憑《つ》かれたような顔でまっすぐ栂野の長屋に向かった。

腰に差した刀の柄《つか》に手を添え、息を大きく吐いて吸った。

「栂野さん」

戸の前で声をかけた。

「新右衛門か。遅かったではないか、入れ入れ」

栂野が声を返してきた。

新右衛門ははっと息を吐くと、刀を抜いて、戸をがらりと開いた。

「先に……」

栂野は新右衛門の異変に気づき声を吞んだ。

「何だその刀は……」

新右衛門は答えずにそのまま片足を上がり口にかけた。

「覚悟をッ」

言うなり斬りつけた。

栂野は横に飛ぶように転んで避けたが、新右衛門は居間に躍り上がって第二撃を打ち込んだ。

「うぎゃ……」

栂野の首の付け根から血飛沫《ちしぶき》が散った。栂野は自分の刀に手を伸ばそうとしたが、新右衛門は引きつけた刀で、もう一度鋭い突きを見舞った。

第四章　師範代

一

小網町の竹熊道場で出稽古《でげいこ》を終えた大河は、自宅長屋に戻ってきたところだった。

まだ日が暮れるには早い刻限で、腰高障子が屋根からすべり降りてきた夕日に染められていた。どこからともなく鶯《うぐいす》の声が聞こえてきて、井戸端でさえずるようにしゃべっているおかみ連中の話し声も聞こえていた。

どっかり胡座《あぐら》をかいて居間に腰を下ろした大河は腕を組んで、部屋のなかを飛びまわる蠅を目で追った。

出稽古に行くのはよいが、やはりおのれの鍛錬にはならぬ。そのことが不満である。やはり鍛冶橋道場で稽古をしなければ、腕がなまる気がする。

しかし、いまは謹慎の身である。重太郎から謹慎の期限は告げられていない。一《ひと》月《つき》なのか三月《みつき》なのか大河にはわからないことだった。

長屋では稽古はできない。ならばどこかよいところはないだろうかと考える。思いつくのは鉄砲洲の浜である。

（あそこなら……）

砂浜は足腰の鍛錬にもなるし、人に迷惑をかけることもない。明日から鉄砲洲に通おうかと考えた。

（よし、そうしよう）

思いを決めると小袖《こそで》を脱ぎ、着替えにかかった。

そのとき、パタパタと慌ただしい足音がして、戸口にしがみついた男がいた。

「何だ徳次か……」

「た、大変です」

徳次はそこで生つばを呑み込んだ。顔に汗を張りつかせている。

「何が大変なんだ？」

大河は浴衣《ゆかた》の帯を締めながら聞いた。

「栂野さんが、殺されました」

「なに……」

「二日前の晩のことらしいです。さっき道場で稽古を終えたときに聞いたのです」

「誰に殺されたのだ？」

「同じ勤番の方で、その人はお玉ヶ池の道場に通っていた人だったのです。どうしてそんなことになったのかわかりませんが……」

「誰に聞いた？」

「佐伯《さえき》様です。いえ、もうみなさんご存じのようでした。山本さんはご存じでないと思い知らせに来たのです」

徳次は門弟の名を口にしたあとで、這《は》うようにして居間に上がってきた。

「重太郎先生はお困りのご様子です。梅野さんは仮の師範代をやっておられる人でしたから、その代わりを誰かにまかせなければならないとお考えのようです。もちろん山本さんの名が出るはずなんですが……」

大河はゆっくり腰を下ろした。

「梅野さんが……」

大河は独り言のようにつぶやいて、梅野の顔を脳裏に浮かべた。

「どこで殺されたのだ？」

「藩邸の長屋です。栂野さんを斬った人は、自害されたらしいです」

　大河は短く嘆息した。

「山本さん、どうします？」

　大河は徳次を見た。

「どうもこうもしようがない。おれは道場への出入りを禁じられているのだ。それにいつ許しが出るかもはっきりしておらぬ。しかし、二日前ならもう何もかもすんでいるのではないか」

「重太郎先生が香典を持って行かれるような話でした」

　やれることはそれぐらいであろう。

　しかし、身近な人が殺されたというのは、大河にとって衝撃であった。また、栂野に疑念を抱いていただけに、心中には複雑な思いがあった。

「またなにか新しい話が聞けたら、伝えに来ましょうか」

「うむ」

「それにしても驚きました。あの強い栂野さんが斬られてしまうなんて……」

　徳次はやっと興奮のおさまった顔で言った。

栂野が何故殺されたのか、その真相はわからなかったが、大河は翌日から鉄砲洲の浜に通いはじめた。それは出稽古に行く前だったり、出稽古から帰ってきてからだったりで、用のない日は朝から夕刻まで一人稽古をつづけた。

しかし相手がいなければ素振りや型稽古しかできない。物足りなさはあるが、いまは我慢のときだった。

心ひそかに謹慎の解けるのを待ったが、重太郎からの連絡は十日たっても半月たってもこなかった。道三郎からの連絡もない。

強い相手と立ち合いたい。昨年の暮れに負けた小田部藤十とも手合わせをしたい。その欲求は満たされないままである。

「おい、熱心にやっておるな」

夕暮れの浜でいつものように稽古をしていると、河岸道から声をかけてくる男がいた。大八をそばに置き、にたついた顔で見てくる。股引《ももひき》に半纏《はんてん》姿だ。どうやら車力のようだ。大河はその男をひとにらみして、型稽古をつづけた。

「毎日やっておるのか？」

また車力が声をかけてきた。

「なんだ、おぬし？」

大河が声を返すと、車力は砂浜に下りてきた。太くて濃い眉《まゆ》、ぶ厚い唇に大きな目をしていた。中背だが半纏の下にのぞく胸は逞《たくま》しい。

「ときどき変わり者がいると眺めていたのだ。おれはこういうなりをしているが、桃井先生の弟子だ」

大河は眉宇《びう》をひそめた。

「士学館に通っているのか」

「さようだ。免許はもらっているが、生計のために車力仕事をやっているのだ。だが、それは仮の姿だ」

言葉つきから侍のようだ。

「苦労しているのだな。おれも以前は似たようなことをやっておった」

「なに、おぬしも車力を……」

男は太い眉を動かした。

「車力はやらなかったが、まあいろいろやった。免許持ちだと言ったな」

「そうだ。おぬしはどこの者だ？　浪人か、それともどこぞの勤番であろうか？」

「浪人だ。おぬしの名は？」

「原野剛太郎だ。おぬしは？」

「おれは山本大河という」

「なに、なんだと」

原野と名乗った男は、太い眉を動かして目をみはった。

「おぬしが、そうだったのか」

「おれを知っているのか？」

「話には聞いていたが、まさかこんなところで会うとは思わなかった。いや、これは具合のよいところで会った。山本、明日もここで稽古《けいこ》をするのか？」

「そのつもりだ」

「よし、おれと立ち合え」

「なに……」

「おれが稽古相手になってやる。だが、その前におぬしの腕がいかほどかを試したい」

大河はだまって原野を眺めた。西日を受けた顔は赤銅色に焼けている。腕にも足にも無駄な贅肉《ぜいにく》はなかった。

「受けて立て、それとも逃げるか」

原野は一歩近づいて言葉を重ねた。

「よかろう。おれも稽古相手がほしかったのだ。明日は夕七つ（午後四時）にはここに来るつもりだ」

「七つだな。よし、おれもその頃来よう。約束だからな」

原野は楽しげな笑みを浮かべ、そのまま河岸道に戻った。大八に取りつくと、もう一度大河に声をかけてきた。

「山本、明日だ」

二

翌日、大河は宇田川《うだがわ》町の神尾道場へ出稽古に行き、八つ（午後二時）過ぎに門弟らへの指導を終えた。

町には夏の気配が漂いはじめ、汗ばむ陽気になっている。早くも風鈴を飾っている商家や茶屋があり、涼しげな浴衣《ゆかた》を着た娘や子供の姿もあった。

今日は士学館の原野剛太郎という門弟と稽古をすることになっているが、原野は自分の腕を試したがっている。いかほどの腕を持っているのか知らないが、自信のある顔つきだったし、よく鍛練された体をしていた。

大河は道場への出入りを禁止されているので、いい稽古相手になるかもしれないと、心ひそかに期するものがあった。

ふいの声をかけられたのは、芝口《しばぐち》橋の手前だった。立ち止まって見ると、瀬戸物屋の前に立ち、口の端に親しげな笑みを浮かべている男がいた。山南敬助《やまなみけいすけ》だった。

「久しぶりであるな」

山南は近づいてきた。

「いつ江戸に戻ってこられたのです？」

そう聞くのは、山南が武者修行の旅に出ているのを知っていたからだった。

「昨年の暮れに戻ってきた。それからもう半年もたつのだが、いろいろと忙しくて、お玉ヶ池にも顔を出していないのだ」

山南はそう言ってから大河が持っている袋竹刀をちらりと見た。それは二本あり、一本は竹刀だが、一本は木刀だった。

「これから稽古か？」

「出稽古へ行っての帰りです」

「ほう、稽古をつけるようになったか。まあ、おぬしなら不思議ではない。どうだ、少し話さぬか」

大河は誘われるまま山南といっしょに、近くの茶屋の床几《しょうぎ》に座った。

山南は武者修行の旅を短く話した。

「すると、あまり遠くまで行かれなかったのですか？」

山南は上野《こうずけ》と下野《しもつけ》をまわり八王子《はちおうじ》から江戸に戻って来ていた。

「日野《ひの》で気が変わったのだ。試衛館《しえいかん》を知っているか？」

山南は顔を向けて聞く。

「聞いたことはあります」

「嶋崎勇《しまざきいさみ》という師範代がいるのだが、この人が面白いのだ。腕は立つし、何かと面倒見がよい。いずれ試衛館を継ぐ人なのだが、おれはその嶋崎さんの人柄に惚《ほ》れてしまった」

山南の言う嶋崎勇は、のちの新撰組《しんせんぐみ》局長になる近藤《こんどう》勇のことである。

「すると、山南さんはいま試衛館にいるのですか？」

「出入りしている。千葉先生には申しわけないが……」

山南は短く唇を噛《か》んで、自嘲《じちょう》の笑みを浮かべた。

「すると千葉道場には戻ってこないつもりですか？」

大河は山南をにらむように見た。

「千葉先生には世話になったが、習うことは習った。より腕を上げるためには他の流派を知ることだと思い知った。そうだ、おぬしも一度遊びに来るとよい。おれが相手をしてもよいが、嶋崎さんと立ち合ったら面白いかもしれぬ」

「流派は……」

「天然理《てんねんり》心《しん》流だ。立ち合えば、どういう剣術であるかわかる。わかりやすく言えば、斬るか斬られるか、真剣での戦いに即した剣法だ。竹刀剣術とは大きく違う」

大河は片眉《まゆ》を動かした。天然理心流は実戦に通用する剣術ということだろうか。少なからず興味がわいた。

「一度訪ねてみたくなりました」

「いつでもよい。おぬしなら歓迎だ」

それから短く千葉道場の話をし、山南は別れ際に試衛館がどこにあるかを教えてくれた。

大河はそのまま鉄砲洲の浜に向かったが、流派を変えた山南の話をしばらく反芻《はんすう》していた。斬るか斬られるか真剣の戦いを想定した流派が天然理心流だと言う。すると稽古のやり方にも工夫があるはずだ。どんな稽古をしているのか知りたくなった。

明日にでも訪ねたい衝動に駆られたが、いまは謹慎の身である。勝手な行動は慎まなければならない。

大河は自分を戒めて、鉄砲洲の浜に下りた。真砂《まさご》を洗う波が、耳に心地よい音を立てながら寄せては引いている。

砂浜に群がっていた鴫《しぎ》たちが一斉に飛び立ち、頭上を舞っている鳶《とび》が声を落としてくる。

大河は襷《たすき》を掛け、尻端折《しりはしょ》りをして、木刀での素振りをはじめた。沖合から戻ってくる漁師舟がある。海は傾きはじめた日の光を受けて輝いていた。

「山本、早いではないか」

河岸道から大声が聞こえてきた。振り返ると、竹刀袋を持った原野剛太郎が身軽に浜に下りてきた。

「約束は守る男のようだな」

原野は嬉《うれ》しそうに言って、早速はじめるかと、襷を掛けた。

「素面籠手《すめんこて》なしだ。寸止めでよかろう」

大河は体を原野に向けた。

「なんでもよいさ。あたったらそれまでで恨みっこなしだ。遠慮はいらぬ」

原野は「さあ」と、余裕の体《てい》で竹刀を青眼に構えた。なかなか堂に入った構えである。

「遠慮はせぬぞ」

大河は忠告して竹刀を青眼に構えると、間合いを詰めていった。波打ち際なので、寄せては返す波が足を洗っていく。

原野が先に仕掛けてきた。下段からの突き技であった。

大河は小さく下がってかわした。即座に原野が胴を払うように振ってくる。大河はすり落として、すぐに竹刀を引き寄せた。

（おれの相手ではない）

原野は威勢だけが先行して技量が伴っていない。

かわされつづける原野はムキになっていた。歯を食いしばり、すでに息が上がっている。

「どうして攻めてこぬ！　逃げてばかりではないか、来いッ！」

原野は足場の悪い砂地に立って牙《きば》を剥《む》くような顔をした。

「ならばまいる」

大河はすうと前に出た。原野が砂地を蹴《け》って打ち込んできた。その竹刀を払い上げると、即座に竹刀を原野の首にぴたりとつけた。

「はッ」

　原野が驚き顔で息を呑《の》んだ。

「一本取った」

「まだまだッ……」

　原野は後じさって間合いを取ると、すぐに出てきた。突きを見舞ってくる。

　大河はその竹刀をたたき落とした。

　バチンという音がひびき、原野は自分の竹刀を落とし、

「ま、まさか……」

　と、片膝《かたひざ》をついて大河を見てくる。

「悪いが鍛錬が足りぬな。いまのおぬしではおれには勝てぬ」

　大河はそのまま竹刀を手許《てもと》に引きつけて下げた。

「な、なにを……」

　原野は顔を真っ赤にして竹刀を拾いあげると、またもやかかってきた。

　大河は左腕をたたき、脳天を打った。

「あいた！」

原野は無様にも打たれた頭を抱えて両膝をついた。痛みを堪《こら》えた顔で、大河をにらみ、

「こんなはずではない。おれは、おれは……」

と、悔しそうに奥歯を噛む。

「悪いことは言わぬ。道場で稽古《けいこ》に励むのだ」

大河はそのまま背を向けて河岸道に向かった。

「待て！」

原野が呼び止めた。大河が振り返ると、駆け寄ってきた。

「教えてくれ。どうやったら強くなれる。おれは佐賀の出だが、このままでは国許に帰ることができぬ。強くなる秘訣《ひけつ》は何だ。教えてくれぬか」

「稽古を積むしかない。人一倍の、いや、人の十倍も百倍も稽古をするのみだ。車力仕事をやっていては腕は上がらぬ」

原野はうなだれた。

「車力仕事は食えないからだ。おれには妻も子もある。二人のために仕送りもしなければならんのだ」

大河は原野に体を向けた。

「妻子が国許に……」

「そうだ。おれは腕を上げるために江戸に来たが、思うようにいかなくなった」

「それは妻子がいるからか」

「そうだ」

「腕を上げてどうする？」

「おれの師匠は大石進と言う。貧乏侍の出だが、百石取りになられた。藩の師範を務められ隠居されたが、そんな人になりたいと思い江戸へ来たのだ」

大河は冷ややかな目で原野を見た。

「恩師のようになりたいのなら、鍛錬するんだ。強くなるのに秘訣などない」

大河はそのまま砂浜を去った。

その背中に原野が言葉を投げてきた。

「山本大河、きさまのことは忘れぬ。いつかきっときさまを負かしてやる。覚えておれ！」

大河は歩きつづけ、

（負け犬の遠吠《とおぼ》えなど、見苦しい）

と、胸中でつぶやいた。

三

数日もせず大河の頭から原野剛太郎の存在は消えていた。

もし、原野が同等にわたりあえる強い男だったなら忘れはしなかっただろう。だが、大河の関心は強い剣術家にしかない。

ところが、原野がまたもや稽古場にしている鉄砲洲の浜にやってきた。今度は一人ではなく、三人の仲間を連れて来たのだ。

「山本、先日はよくもおれを愚弄《ぐろう》してくれたな」

「愚弄などしてはおらぬ」

「おれは小馬鹿にされたのだ！　きさまは腹のなかでおれを笑っておった！」

大河は醒《さ》めた目で原野を、そして他の三人を眺めた。誰もが人をいたぶる顔をしている。

「負けたのが悔しくて仕返しにでも来たか……」

「きさまの腕はわかった。だが、いい気にさせておくわけにはいかんのよ。みんな、思い知らせるんだ！」

原野が雪駄《せった》を後ろに飛ばすと、他の三人もそれに倣って竹刀を構えた。

「喧嘩《けんか》をしに来たのか」

大河は仁王立ちになり、片手に持った竹刀をだらりと下げた。

「かあァッ！」

いきなり大河が大声を発すると、三人の仲間がたじろぐように下がった。声に驚いたのか、近くで鳴き騒いでいた海猫《うみねこ》が一斉に飛び去った。

「やるならやってみろ！」

大河が誘いをかけると、「やるんだ！」と、原野が仲間に指図した。同時に三人が打ちかかってきた。

大河は右から面を狙ってきた男の竹刀を撥《は》ね上げると、胸元に突きを入れて倒し、正面から打ち込んできた男の足を払って倒した。そのまま鳩尾《みぞおち》に竹刀の切っ先を突き入れ、卑怯《ひきょう》にも背後から襲いかかってきた男の竹刀を片手で持った竹刀で防ぎ、即座に引き寄せるとそのまま脳天に打ち込んだ。

バチンと強烈な音がひびき、脳天を打たれた男は口から泡を吹いて倒れた。残った原野は狼狽《うろた》え顔をしたが、闇雲に突っかかってきて右面左面、さらに右面から突きという技を繰り出してきた。

大河は右へ左へと打ち払い、原野の胴を抜くように横腹に強烈な一撃を見舞った。

「うぐッ……」

原野は横腹を押さえ、片膝をついた。それでも立ち上がろうとした。しかし大河は許さなかった。立ち上がりかけた原野の脳天に激烈な一撃を見舞ったのだ。

原野は目を白黒させて後ろ向きに倒れた。

あっという間に砂浜に四人の男が倒れていた。

ふっと肩を動かして、大きく息を吐いた大河は、四人の男たちをひと眺めして、最後に原野のそばに行き、髪を鷲《わし》づかみにして半身を起こしてやった。

そのことで原野は意識を取り戻し、恐怖したように目をみはった。

「こんなことをして恥ずかしくないのか。きさまは剣術を馬鹿にしている。頭を冷やして妻子のいる田舎に帰るのだ」

大河はそのまま原野を突き倒して砂浜を歩き去った。


原野剛太郎の理不尽な仕返しは大河にとって取るに足りぬ些事《さじ》でしかなかった。

ところが事は穏やかにすまなかった。

原野らに喧嘩を売られてから三日後、大河は重太郎から呼び出しを受けた。これ

で謹慎が解けるとのだと思い、期待をして道場の母屋に行ったのだが、

「大河、謹慎中に士学館の者と喧嘩をしたそうだな」

と、いきなり重太郎ににらまれた。

「それは違います。原野剛太郎という者が……」

「言いわけ無用だ！」

重太郎はぴしゃりと遮った。

「どういう経緯で喧嘩になったか知らぬが、二人は怪我をしている。まあ、気にするほどの傷ではないそうだが、桃井殿からお叱りを受けた。他流試合ならまだしも、市中での喧嘩騒ぎは言語道断」

「お言葉ですが、先方が勝手に売ってきた喧嘩です。打ちかかられて黙って打たれろとおっしゃるんですか」

大河は重太郎を見返した。

「何故喧嘩になった？　そのわけを聞かせろ」

大河は原野に声をかけられてからの経緯を簡略に話した。

黙って耳を傾けていた重太郎は、話を聞き終わると小さく嘆息した。

「おぬしの言い分が正しいなら非は向こうにある。だが、どんな経緯があろうと喧

嘩両成敗。今後は玄武館の名を汚すようなことをしてはならぬ。喧嘩は御法度だ」

大河は沈黙したままうなだれた。納得いかないが、言葉を返すのは控えた。

「一月《ひとつき》で謹慎を解こうと思っていたが、もう一月道場への出入りを禁ずる。五月晦日《みそか》までおとなしくしておれ」

大河はがっくり肩を落とした。

「栂野貫太郎が不幸にあったのは聞いているだろうが、このところ災難つづきだ。そして、おぬしの喧嘩騒ぎ」

重太郎は小さな吐息を漏らした。

「災難つづきとは……」

「お玉ヶ池の小田部藤十が喀血《かっけつ》して倒れた」

「え、あの小田部さんが……」

昨年暮れの大試合で負けた相手だ。もう一度立ち合って勝負をつけたいと思っていた男である。

「労咳《ろうがい》だろう。道三郎の話では本復は難しいらしい」

「そんなにひどいのですか」

「そんなこともあり、おぬしに師範代をやってもらおうと思っていたのだ。その矢先に桃井殿から注意を受けてしまった」

重太郎は渋柿をかじったように顔をしかめた。桃井とは鏡新明智《きょうしんめいち》流士学館の四代宗家桃井春蔵《しゅんぞう》のことである。

「桃井殿は先方の者たちにきつい灸《きゅう》を据え、二人を破門したそうだ。さようなことなので、おぬしに何もしないというわけにはいかなくなった。だから六月までおとなしくしておいてくれ」

「承知しました」

素直に折れるしかなかった。だが、大河は言葉をついだ。

「出稽古《でげいこ》はつづけてよいのですね」

「飯の種であろう。そこまでわたしも禁ずることはできぬ」

四

災難とも言えるとばっちりを受けた恰好《かっこう》の大河は、苦い感情を胸の内に抑え込んで、それまでと変わらぬ静かな毎日を送るしかなかった。

うっとうしい雨がつづいたかと思うと、真夏のような暑さが訪れ、また雨が降ったりやんだりを繰り返した。

年始めから黒船再来で江戸周辺は騒々しかったが、三月三日に結ばれた日米和親条約につづき五月二十五日には附録協定が結ばれた。のちに先の条約を神奈川条約と呼び、後者は下田条約と呼ばれるようになる。

大略はアメリカの物資補給地として下田・箱館をアメリカに開港し、アメリカ人の居留地を下田に設け領事を置く、漂流民の保護、アメリカを最恵国待遇とするなどであった。これによって幕府の鎖国体制に幕が引かれることになった。

ともあれ、二条約が調印されたことで江戸は落ち着きを取り戻しつつあった。

幕府とペリー、つまり日本とアメリカの交渉が行われている最中に、佐久間象山が伝馬町の牢《ろう》に入れられた。吉田松陰と金子重輔《じゅうすけ》が密航を図って失敗をしているが、計画は象山の示唆によるものだと見做《みな》されたのだ。

大河が象山が捕縛されたというのを知ったのは、偶然、通りで出会った坂本龍馬から話を聞いてのことだった。

大河自身は佐久間象山や吉田松陰などという人物に興味はないが、龍馬はずいぶん落胆をしていた。

「おぬしが牢に入れられたわけではないのだ。堂々としておればよいだろう」

大河は励ますように龍馬の肩をたたいた。

「そうはおっしゃいますが、尊敬している方たちです。お上のやり方に腹が立ちます」

龍馬はそう言ったあとで、

「山本さんも謹慎だと聞いたのですが……」

と、大河をあらためて見てきた。

「迷惑なことをされての貧乏くじだ。だが、どうってことはない。来月からは道場で思い切り汗を流すことができる」

「それは残念です。来月は国に帰ることになっています」

「なんだ、そうであったか」

「築地《つきじ》の下屋敷に移ったばかりなのに、忙しいことです」

龍馬は鍛冶橋御門内の土佐藩上屋敷に寄宿していたが、四月から下屋敷に移っていた。

「また、江戸に来るつもりはあるのか？」

「大いにあります。山本さんにはまたそのときに稽古をつけてもらいます」

「楽しみに待っている」

大河は短い立ち話をして龍馬と別れた。

謹慎が解けたのはそれから数日後のことだった。

大河は久しぶりに鍛冶橋道場に行き、まずは重太郎に挨拶《あいさつ》をした。

「窮屈な思いをさせたな。わたしは少し心配をしていたのだ」

重太郎は苦笑を浮かべた。

「心配を……」

「うむ、納得いかぬことにおぬしが腹を立て、はやまったことをするのではないかと、気を揉《も》んでいたのだ。だが、無用な心配であったようだ」

「腹を立てていたのはたしかですが、無茶は慎んでいましたよ」

大河はニカッと笑ってやった。

「おぬしのその顔を見てまた安心いたした。それで頼みがある」

「何でしょう」

「栂野貫太郎が不慮の死を遂げ、お玉ヶ池の小田部藤十は病に倒れてしまった。その二人がいなくなったいま、おぬしは玄武館千葉道場の三羽烏《さんばがらす》だ」

大河はキラッと目を輝かせた。

重太郎のいう三羽烏は、お玉ヶ池の小泉直三郎と鍛冶橋の島村洋之助、そして大河である。

「だが、島村は今月参勤交代で国許《くにもと》に帰る。江戸にいるのは、定府《じょうふ》の小泉直三郎とおぬしの二人だけだ。そして、わたしの代わりを務めていた栂野はいない。これからはおぬしが師範代を務めてもらいたい」

「わたしに務まりますか？」

大河は胸を熱くしていた。

「これまでも若い門弟の指南をしていたではないか。それと同じことをやればいいだけのことだ。やってくれるか」

「もちろん、喜んでお受けいたします」

「よかった。これでわたしの肩の荷も少しは軽くなる」

「ただ、ひとつお願いがあります」

大河は一膝《ひとひざ》進んでつづけた。

「武者修行に出してもらえませんか。いますぐにというわけではありません。時宜を見てお許しいただきたいのです」

重太郎は短い間を置いた。

鳴きはじめた蝉の声が表から聞こえてきた。

「いつ頃旅に出たいと考えている？」

「早ければ秋、あるいは暮れにでもと考えているのですが……」

「師範代が抜けるのは痛いことだ。少し考えてくれぬか。せめて来年あたりに延ばしてくれれば助かる」

重太郎はその間に大河の代わりになる門弟を探すつもりなのだろう。

「そのことは少し考えさせてください。それからもうひとつお願いがあります」

重太郎は眉《まゆ》を動かし、今度は何だという顔をした。

「他流試合をやらせてください」

謹慎中、大河は鬱憤《うっぷん》をためていた。出稽古で憂さを晴らすことはできなかったので、思い切り江戸で暴れまくってやろうと考えていた。もちろん、相手は高名な剣士でなければならない。

「それはかまわぬが、相手はいかがする？」

「考えていることがあります」

「ならば、わたしの仲介がなくてもよかろう。道三郎も手を貸してくれるかもしれぬが、おぬしは当道場の師範代でもある。立ち合いたい相手がいれば、自分で申し込んでも差し支えないだろう」

大河はそれを聞いて安心した。

五

蟬の声が真っ青に晴れわたった江戸の空にこだましていた。

町を歩けば、あちらこちらから風鈴の音が聞こえてくる。冷やっこい冷やっこいと、売り声をあげて歩く水売りの声も聞かれる。

謹慎が解けて道場に戻った大河は、師範代として後進の指導にあたると同時に、自分の稽古《けいこ》にも力を入れた。

神尾道場と竹熊道場という出稽古先があったが、七月をもって辞退していた。

大河の鍛冶橋道場での稽古相手は、柏尾馬之助を選ぶことが多くなった。馬之助はめきめきと腕を上げ、昨年の暮れの大試合では最後まで残るという戦いぶりをしていた。その腕は大河も認めるところで、試合形式の地稽古をやると、負けそうになることもあった。

「おぬしは油断できなくなった」

大河がお世辞抜きで言うと、馬之助はいまだ幼さの抜けきれない童顔をゆるめて、

「山本さんに追いつきたいですから」

　と、ふんわりと笑う。

「追いつかれぬようにしなければならんな」

　大河は冗談交じりに言葉を返すが、それは本心でもあった。

　そんな大河の稽古ぶりは、凄《すさ》まじくなっていた。以前は心にゆとりがなかったのか、まわりの門弟に遠慮しているところがあった。

　しかし、謹慎中におれはおれらしくやると、肚《はら》を括《くく》っていた。そういう気持ちにさせたのは、やはり佐那の言葉があったからだ。

　――あなたはもっと自由で奔放な人でなくて……悪く言えば野放図なのではないかしら。だけれど、そのことをあなたは自分で抑え込んでいる……。

　あの言葉で、大河は本来の自分に目覚めたと言ってよかった。

　稽古をする大河の気合いは、道場中にひびきわたり、繰り出す技は電光のように速く、そして強烈であった。

　ときに大河の一撃を受けて卒倒する門弟が出たり、小手を打たれてしばらく竹刀を持てなくなったりする者もいた。

　若輩の門弟は大河から剣術指南を受けているときは、素直に聞いてくれるが、いざ稽古相手に指名すると、尻《しり》込みをして逃げるようになった。

久しぶりに道三郎が鍛冶橋道場にやってきたのは、八月に入ってすぐのことだった。

道三郎は大河の指南ぶりを眺めたあとで、少し話をしようと誘ってきた。

「重太郎さんから聞いたが、武者修行に出たいらしいな」

道場に近い茶屋の床几《しょうぎ》に座り、冷や水を飲んでから道三郎が口を開いた。庇《ひさし》に吊《つる》してある風鈴の音が耳に心地よい。

「師範代が足りないので来年にしてくれないかと言われています」

「そうしてもらえると助かるのだ」

「それは道場の都合でしょう」

「おまえはおのれの都合を口にしているのだ」

道三郎にしては厳しいことを言う。顔つきもいつもより険しくなっていた。

「そうかもしれませんが……」

大河は一度言葉を切って、すぐに口を開いた。

「道場のために剣術を習いに来たのではないのです。無論、世話になった道場への恩返しということもわかります。されど、おれはもっと強くなりたい。そのために苦しい稽古をしてきたのです。そうではありませぬか」

道三郎は黙り込んで冷や水を飲んだ。

団扇《うちわ》売りの行商が目の前を通っていった。

「おまえの気持ちや考えはわかる。だがな大河、何のために武者修行に出るのだ？　おれの父や定吉叔父《おじ》が廻国《かいこく》修行をしたからか。それとも他の名のある剣術家が、旅に出ているからか。たしかに強い相手を探し、おのれの腕を磨くための武者修行は悪くないと思う。だがよく考えてみろ。江戸には名のある剣術家がいる。さらには在方から江戸に腕を試しに来る剣術家もいるのだ。何も旅に出ずとも、江戸にいても相手は見つけられるし、腕も磨くことができる。旅に出れば、それだけの暇も金も必要になる。江戸にいて楽をしろとは言わぬが、江戸にいながらでも鍛錬できるのだ」

そうかもしれぬ。大河は内心で同意しながらも、やはり武者修行に出たいという気持ちが強い。

「うるさくは言わぬが、もう一度考えてくれ」

「わかりました。いますぐ旅に出るというのではありませんから……」

「他流試合をやりたいと言っているそうだな」

「重太郎先生から聞きましたか」

「うむ。相手は決めているのか？」

「ぼんやりと考えている相手はいますが、まだ申し入れはしていません」

「決まったら手を貸してもよいが、もうおぬしは一人前だ。相手へ直接申し込んでも断られはしないだろう」

「試衛館を知っていますか？」

「詳しくは知らぬが、八王子や日野宿からの門弟が多いと聞いてはいる」

「山南敬助さんは試衛館の食客になっているようです」

「なに、あの人が……旅に出ているのではなかったのか？」

道三郎は意外だという顔をした。

「旅には出たらしいのですが、日野に出稽古に来ていた試衛館の師範代と立ち合ったあとで、いっしょに江戸に戻ってきたらしいのです。何でも師範代の嶋崎勇という御仁の人柄を気に入られたようで……」

「嶋崎勇……」

道三郎は知らないようだ。

「試衛館は天然理心流、真剣での戦いに即した剣法だと言います。それに嶋崎勇という師範代はかなりの腕があると聞きました」

「すると、その嶋崎と立ち合うと……」

大河は意志の固い目をしてうなずくと、

「近いうちに訪ねて行こうと思います」

と、言葉を添えた。

六

尾《お》張《わり》家上屋敷西門を出ると馬場がある。風の強い日は馬糞《ばふん》の臭いと埃《ほこり》が周囲に舞い立つが、相手が尾張家とあっては文句も言えぬ。

その馬場の通りを北へ向かうと甲良《こうら》屋敷と呼ばれる町屋がある。その町の北側に西へ下る幅四間ほどの坂道があった。

山南敬助はその坂を上ってきたばかりで、一度立ち止まって雲間にぎらつく太陽に目を細め、首筋の汗を拭《ぬぐ》った。

蝉の声は少なくなったが、いまだ夏の暑さは衰えていなかった。

山南は試衛館道場の脇にある朝顔の蔓《つる》を引きちぎって、もう一度汗を拭った。松の木で鳴いていた蟬がジィと一声鳴いた。

道場玄関に入ると、木刀で素振りをやっていた門弟らの脇を抜けてきた若者がいた。沖田《おきた》総司《そうじ》という名で、試衛館当主近藤周助《しゅうすけ》の内弟子だった。周助は天然理心流三代宗家である。

「山南様、お待ちしておりました」

山南は総司から一通の手紙を受け取った。

「何か急な用でもあるのか」

「昼前に使いの方が見えて、山南様にわたしてくれと頼まれたのです」

「それはすまなんだ。稽古は終わったのか？」

山南は口の端に笑みを浮かべ、若い総司を見た。まだ十三歳の少年だが、美貌《びぼう》のせいでもっと幼く見える。門弟の誰もが「総司、総司」と言って可愛がっていた。

「朝稽古を終えましたが、山南様が相手をしてくださるのなら喜んで受けます」

「うむ」

山南は受け取った手紙を見て、眉《まゆ》を動かした。玄武館の山本大河からだったのだ。

道場の壁際に腰を下ろして、手紙を一読した。短い用件が書かれているだけだったが、山南はにやりと笑うと、すぐに立ち上がり、道場から出て行こうとしていた総司を呼び止めた。

「嶋崎さんはどこだ？」

「母屋にいらっしゃいます」

山南はそのまま道場をまわり込み、近藤家の母屋に向かった。

嶋崎勇は近藤家の小座敷で文机《ふづくえ》に書物を広げていた。扇子を使いながら一心に読書をしている。その嶋崎に山南は声をかけて、目の前に座った。

「ご熱心ですな。今日は何をお読みなので……」

山南は本題に入る前に、嶋崎が読んでいた書物をちらりと見た。

「頼山陽《らいさんよう》の歴史物だ。読み込んでいくとなかなか面白い。何か用であるか？」

嶋崎は読んでいた本を閉じて、山南を見た。

「何度か話をしたと思いますが、玄武館の山本大河という門弟が、是非にも嶋崎さんと立ち合いたいと言ってきております。わたしは玄武館から足が遠のき知らなかったのですが、山本はいまや玄武館千葉道場の三羽烏《さんばがらす》の一人になっているようです。先ほど総司から、その旨を書いた手紙を受け取りました」

山南は読んだばかりの手紙を嶋崎にわたした。

「千葉道場の三羽烏の一人なら、手応えのある男であろう。わたしはいつでもかまわぬ」

嶋崎はざっと手紙を読んでから顔を上げた。

「では、早速にもその旨の返事をいたしましょう」

「うちの道場に来てくれるのだろうか？　それともわたしが出向いたほうがよいのであろうか？」

「先方からの申し入れなのです。足を運んでもらうのが筋でしょう」

「では、さように計らってくれ。他流試合は門弟たちの向後《こうご》のためにもなろう。わたしはいつでも受けて立つ」

山南はさっそく、大河への返事を書き、それを総司に預けた。

「千葉道場のことは知っておろうが、行くのは鍛冶橋のほうだ。わかるか？」

「何度か近くまで行ったことがあります」

「では、道に迷うことはないな。まだ日は高い、今日のうちに届けてくれるか」

「ひとっ走りしてきます」

総司は大河への返書を懐に入れると、白い歯を見せて微笑み、

「山南様、駄賃は入りませんが、帰ってきたら稽古《けいこ》をつけてくださいよ」

と、邪気のないことを言った。

「お安いご用だ」

総司が道場を出て行くと、山南は稽古中の門弟たちに目を向けた。玄武館千葉道場に比べれば、小さな道場だ。

天然理心流を「田舎剣法」と揶揄《やゆ》する者がいるのも知っている。しかし、山南はこの道場の剣術はなまなかではない、竹刀を使っての試合に負けることがあっても、真剣を抜いての戦いになれば、必ず勝てる剣術だと信じていた。

師範代の嶋崎勇も、

「天然理心流こそ真の剣術である。いまが戦国の世ならば、必ずや天下を制する剣法だ。まやかしの竹刀剣術など相手ではない」

と、豪語している。

(これは楽しみになった)

山南は武者窓から見える空を眺め、頬をゆるめた。

七

大河は師範代としての仕事を終えると、日が暮れるまで自己鍛錬をつづけた。額には汗の粒がつぎつぎと浮かび、頬を伝い顎《あご》から首へと落ちていく。汗で濡《ぬ》れた床が斜めに射し込んでくる夕日を照り返して光っていた。

蜩《ひぐらし》の声が聞こえるようになると、ようやく大河は稽古をやめて、窓際に腰を据えた。

好んで稽古相手を務めさせる柏尾馬之助がいないときは、素振りと型稽古に刻《とき》を費やすことが多い。

「大河殿」

ふいに名前を呼ばれて、見所脇の出入口を見た。

「佐那様」

大河が声を返すと、佐那がゆっくり近づいてきた。楽な浴衣《ゆかた》姿だ。白を基調にした花柄模様で、普段に増して清廉な雰囲気があった。

「お玉ヶ池に栄次郎さんがお戻りです。大河殿に会いたがっておられました。明日にでも稽古の相手をしたいと……」

佐那はお玉ヶ池に行ってきたようだ。

「水戸からお帰りなのですね」

「しばらくは江戸にいらっしゃるようです。三羽烏になった大河殿の顔を見たいと、まるで子供のようにおっしゃるんです」

「それは嬉《うれ》しいことを……」

大河はぐっしょり濡れた稽古着を早く脱いで着替えたかった。汗臭い体では佐那に申しわけないとさえ思う。

「江戸にいる間に試合をなさりたいご様子です。おそらく稽古相手をしてもらいたいのでしょう」

「それはますます嬉しいことを……」

大河が玄武館に入ってすぐ、まだ作法も道場のしきたりもよく知らなかった頃、栄次郎に腕を試された。まったく歯が立たずに玩《もてあそ》ばれたが、いまはそうはいかないという自負がある。

「どう、師範代になってから、何か変わりましたか？」

普段なら佐那は長話をしないが今日は別だった。道場を見まわして、大河に視線を戻した。

「人に教える難しさがわかりました。自分にできても相手はできない。だからといって急いで教えるわけにもいかない。教えてもツボがわからない相手には、おのれを抑えなければなりません」

佐那はふっと頬をゆるめて笑った。

「大河殿が真顔でそんなことをおっしゃるとは……」

「……おかしいですか？」

「いいえ、おかしくありませんよ。もっと乱暴に教える人ではないかと思っていたので、意外な気がしたのです。でも、兄はそのことをきっとわかっていたのですね」

兄とは重太郎のことである。

「そうでしょうか……」

大河はまた汗を拭《ぬぐ》った。道場ではまだ十人ほどの門弟が、気合いを発しながら掛かり稽古や素振りをやっていた。

「兄はやはり大河殿は面白いと言っています。世の中の動きにはまったく気を動かさない。ただひたすら剣術のことしか頭にないめずらしい男だと、半分感心し半分あきれて言うのです。でも、わたしもそんな大河殿を頼もしく思います」

大河は褒められているのだろうかと思いながら、

「そんなことを言われて、喜んでいいものかどうか……」

と、照れ臭そうな笑みを浮かべて盆《ぼん》の窪《くぼ》をかいた。

「脇目も振らず、まっすぐ進むのが大河殿です。わたしはそれでよいと思います。

もう日が暮れますね」

佐那は翳《かげ》ってきた表を見てから、

「ではお伝えしましたよ」

と、小さく膝《ひざ》を折って会釈をすると、そのまま道場を出て行った。その佐那と入れ替わるように玄関に若い男があらわれ、

「お訊《たず》ねいたします。こちらに山本大河様はいらっしゃいますか？」

と、近くで稽古を終えた門弟に声をかけた。

大河はすぐに気づき、

「山本はわたしだ」

と返事をして玄関へ行った。

若い男は華奢《きゃしゃ》な体をした色白の少年だった。

「試衛館の沖田総司と申します。山南様からこれを届けるようにと言われましたので、おわたしします」

沖田と名乗った少年は急いできたのか、息を弾ませ、色白の頬を上気させていた。

「山南さんから……」

封書を受け取った大河は、立ち合い申し込みへの返書だと察した。

「ご苦労であった。たしかに受け取った。そなたはまだ若いが、いくつだ？」

「十三です」

沖田はきらきらと澄んだ瞳《ひとみ》を向けてくる。

「いつ試衛館に入った？」

「九つのときです」

「早くから修行しているのだな」

「はい。では、おわたししましたので、わたしはこれで失礼いたします」

沖田はさっと頭を下げて玄関を出て行った。

それを見送ってから受け取った封書を開いた大河は、片頬に小さな笑みを浮かべた。

嶋崎勇は立ち合いを快く引き受けてくれた。

（これは楽しみだ）

翌日、大河はお玉ヶ池の道場に行った。

「ようよう、三羽烏《さんばがらす》になったそうだな」

顔を合わせるなり、栄次郎が満面に笑みを浮かべて大河を迎えた。

「三羽烏」——そう呼ばれることに悪い気はしないが、内心では納得していなかった。大河を負かした小田部藤十は病に臥《ふ》し、心ひそかに勝負をしようと思っていた栂野貫太郎は不幸にも斬殺されている。

もし、二人が元気なら「三羽烏」とは呼ばれなかったであろう。

「水戸では指南に忙しくて、満足な稽古《けいこ》ができぬのだ。だが、しばらく江戸にいることになった」

「いつまでいらっしゃるのです？」

「二月《ふたつき》か三月《みつき》だろう。おれが決めることではないので、はっきりしたことはわからぬが、こっちにいる間は存分に稽古をする。その手始めがおぬしだ。支度をしろ」

栄次郎はハキハキした物言いをして大河をうながした。

「兄上、奇蘇太郎兄様！」

栄次郎は母屋のほうに向かって声をかける。

「二代目宗家の奇蘇太郎様！　大河が来ましたぞ！」

「兄上は相変わらずだ」

そばにやってきた道三郎が苦笑いをしながら大河に言う。

「そんな大声を出さなくても聞こえておる」

奥から奇蘇太郎が不満げな顔をしてあらわれると、栄次郎はガハハと楽しそうに笑った。豪快で快活なのが栄次郎である。

「兄上は石山孫六《いしやままごろく》殿と再戦する腹づもりだ。一度負けた相手には必ず借りを返すと鼻息が荒い」

「それでおれが呼ばれたのですね」

大河は昨年石山孫六に勝っている。栄次郎はその石山の技を知りたいのかもしれない。

「おい大河、いつでもいいぞ」

支度を終えた栄次郎は先に道場中央に出て、誘いの声をかける。他の門弟たちは二人の稽古の邪魔にならないように場所を空けてくれた。

「少し体がなまっているから、お手やわらかに頼む。三羽烏……ウハハ……」

支度を終えた大河が立ち上がると、

「さあかかってこい」

と、栄次郎が青眼の構えを取った。

大河も竹刀を中段に取った。いきなり栄次郎が打ち込んできた。大河は剣尖《けんせん》を打ち払って面打ちを見舞う。

栄次郎はさっと体をひねってかわし、すぐに突きを送り込んできた。二段突きである。下がってかわすと、すぐに追い込んできて竹刀をたたき落とすように払い、面を打ち込んでくる。

大河は片手竹刀で受けると、そのまま鍔迫《つばぜ》りあう形になった。

「おう大河、強くなったな。見違えるほどだ」

栄次郎が面の奥から声をかけてくる。

その双眸《そうぼう》は大河を見据えたままだ。栄次郎には「千葉の小天狗《てんぐ》」という渾名《あだな》があるが、なるほどその身の軽さに大河はあらためて舌を巻いた。

「遠慮なくやるぞ」

栄次郎はさっと両腕に力を入れて大河を突き放した。その瞬間、大河は後じさりながらの下がり面を見舞った。横に払われ、

「それではゆるいッ！」

と、栄次郎が叱咤《しった》する。

胴を抜きに行くと、右にまわり込まれて危うく面を返されそうになった。それを避けて体勢を整える。

短い攻防だが、もう息が乱れそうになっていた。

やはり栄次郎は強い。大河はその動きのよさに翻弄《ほんろう》されそうだが、負けてはいなかった。返し技を使い、出端技《でばなわざ》を使った。受けられても、すぐにつぎの技を繰り出す。

栄次郎も大河の攻撃を受けると、すぐに技を返してくる。激しい打ち合いは小半《こはん》刻《とき》ほどつづけられ、大河が三本、栄次郎が三本取ったところで稽古を終えた。

二人とも激しく肩を動かし、呼吸を乱していた。背中には黒い汗染みができ、面を脱ぐと顔に張りついていた汗が目にしみた。

「大河、よい稽古になった。暇ができた折にはまた頼む」

「いえ、こちらこそよろしくお願いいたします」

「おれは石山孫六ともう一度試合をすることにした。負けて引き下がったままではどうにも腹の虫が治まらぬからな。北辰一刀流の名にかけて、今度は勝つ」

「栄次郎先生なら負けることはないでしょう」

「ああ、負け惜しみで言うが、先の試合のときは稽古不足だったからな。だが、今度はギャフンと言わせてやるさ。アハハ……」

栄次郎の朗らかな性格はまわりの者たちを和ませる。稽古を見ていた道三郎も奇蘇太郎も、他の門弟たちも頬をゆるめていた。

「他流試合をすると聞いたが、誰とやるのだ？」

「嶋崎勇という試衛館の師範代です」

「試衛館……」

栄次郎はあまり知らないようだ。

「真剣での戦いに即した稽古をやっているそうなので楽しみにしています」

「まあ、どんどんやることだ。知らぬ相手や強い相手との立ち合いは技の錬磨になる」

心得顔でうなずく大河は、嶋崎勇との立ち合いが待ち遠しくなった。

第五章　去りゆく者

一

嶋崎勇との他流試合を仲介する山南敬助の返書には、試合の日時は指定されておらず、大河の都合に合わせるとされていた。ただし、嶋崎は日野宿への出稽古《でげいこ》があるので、その日は江戸にいないと記されていた。

大河は嶋崎が日野へ出稽古に行く前に立ち合おうと考えた。それは九月に入ってすぐのことだった。

それまでの間、鍛冶橋で師範代の仕事をこなし、お玉ヶ池に行って栄次郎の稽古に付き合った。

栄次郎は水戸藩の小十人《こじゅうにん》組に取り立てられていたが、その主な役目は父周作が弘《こう》道館《どうかん》において剣術指南役をしているその補佐であった。水戸家の子弟への指導は忙しく、栄次郎は満足に自分の稽古ができないことに不満があるようで、江戸在府中は足繁くお玉ヶ池にやってきては稽古に汗を流していた。

とくに大河を指名するのは、張り合いがあるからだった。それに、父周作譲りの天賦の才があるし、上り調子だった頃の勘を取り戻していた。

そんな相手が稽古をしてくれるので、大河にはありがたいことこの上ない。さらに栄次郎は父周作を凌駕《りようが》すると言われる突き技を惜しげもなく教えてくれた。それは二段突き・三段突き・小手《こて》懸突《がかりつ》きだった。さらに、栄次郎自慢の右片手上段からの打ち込み技を伝授されたのは、大河に大きな自信を得させた。

その朝、大河は自宅長屋を出ると、試衛館に向かった。腰に大小、竹刀を入れた袋、そして木刀を入れた袋を持っていた。木刀は子供の頃に枇杷《びわ》の木で作ったものである。それには手垢《てあか》がつき、黒いしみや赤いしみができ鈍い光沢を放つようになっていた。

大河は外堀《そとぼり》沿いの道を辿《たど》り四谷《よつや》を抜け、尾張徳川《とくがわ》家上屋敷の西に出た。堀沿いの道には薄《すすき》が見られ、武家屋敷の塀越しに見える楓《かえで》は色づきはじめていた。

市谷《いちがや》甲良屋敷まで来ると、瀬戸物屋に入って試衛館の場所を教えてもらった。

山茶花《さざんか》の垣根のある路地を入ったすぐがそうだとわかった。

　大河はその日の訪問を先に連絡していたので、相手は道場で待っているはずだった。案の定、開け放された玄関から見える道場では十人ほどの門弟らが稽古をしており、見所のそばにいた山南敬助が大河に気づいて玄関に出てきた。

「山本、よく来てくれた」

　山南はいつもの愛想笑いとも取れる笑みを口の端に浮かべ、早速上がれとうながした。作法どおり下座に控えると、山南が母屋に消えた。

　その間、道場にいる門弟らがめずらしいものでも見るような視線を大河に向けてきた。

　大河は道場を眺めた。お玉ヶ池や鍛冶橋に比べたら格段に狭い道場だった。稽古場として使える空間は、おそらく四間四方であろう。片側は板壁になっており、一方にしか窓がないので少し薄暗かった。

　気になったのは稽古をしていた門弟らが、防具をつけていないことだった。それに手にしている竹刀は、玄武館で使っている竹刀より太くて重そうである。壁にある棚には、木刀や長さの違う棍棒《こんぼう》が何本も置かれていた。

　とくに奇異に思ったのは、門弟らが柔術の投げ技を使っていることだった。なかには倒した相手を組み敷いたり、蹴《け》りつけたりもしていた。

庭から鵯《ひよどり》の甲高い鳴き声が聞こえてすぐ、山南が大きな男といっしょに戻ってきた。口が大きく日に焼けた黒い顔。眼光鋭く、髷《まげ》は結わず総髪にしていた。

「師範代の嶋崎勇です」

山南が大河を紹介すると、嶋崎は近くに座って挨拶《あいさつ》をした。

「わざわざおいでいただき恐縮です。山本さんの話は、山南さんから何度も聞いています。いまや玄武館の三羽烏《さんばがらす》になられたとのこと。お目にかかれるのを楽しみにしていました」

顔や体に似合わぬ甘い声だった。目には余裕の笑みさえある。

「不躾《ぶしつけ》な申し入れを受けていただき恐縮です」

「こちらこそ身に過ぎる思いです。山本さんはいずれ道場でも立ち上げられるのでしょうか？」

嶋崎はすぐに試合をする気はなさそうだ。世間話めいたことを口にした。稽古をしていた門弟らは、壁際に座って二人のほうを眺めていた。

「まだそこまでは考えていません」

「仕官を望まれているのですか？　わたしはいずれ仕官したいと考えていますが……」

…」

嶋崎は苦笑を口の端に浮かべた。

「仕官は考えていません。その気もありませんし、お上に仕えようとも思っていません」

「ほう、それはまた……」

嶋崎は意外だという顔をして言葉をついだ。

「わたしは百姓の出です。剣術で身を立て仕官できれば御の字です。侍に取り立てられたいと子供の頃から思っていました」

嶋崎は率直にものを言う、飾り気のない男のようだ。山南が嶋崎の人柄に惚《ほ》れたというのが、少しわかった気がした。

「わたしは侍になりたいという思いは、さほどありません。ただ強くなりたい。それだけです」

大河の言葉に嶋崎はまた驚き顔をして、「ふふ、ふふっ」と、小さな笑いを漏らし、

「面白い方だ」

と、あらためて見るように大河を眺めた。

「わたしは変わり者ですかね」

大河は自嘲《じちょう》の笑みを浮かべた。

「そんなことはありません。人はそれぞれ顔や姿、あるいは生まれ持った性格が違いますから、いろいろな考えがあって然《しか》るべきでしょう。みながみな同じ考え方や生き方をするわけではありませんからな。ところで、竹刀を使いますか、それとも木刀で……」

嶋崎は急に立ち合いのことを聞いてきた。

「普段は竹刀ですが、嶋崎さんが望まれるなら木刀でもかまいません」

嶋崎は短く思案した。

「当道場は他の道場のように、あまり防具を使いませんが、いかがされます？」

「寸止めでもかまいませんが、怪我をしても知りませんよ」

「では、うちの門弟らが使っている同じ竹刀でやりましょう。防具はなしです」

相当自信のある物言いである。大河はちらりと山南を見た。目が合うと、山南は楽しそうな笑みを浮かべた。

「では支度を……」

嶋崎は立ち上がると、道場なかほどまで行って座り直した。

「山本、おぬしも……」

大河は山南にうながされて、嶋崎の反対側に腰を下ろして襷《たすき》を掛けた。それから若い門弟が持ってきた竹刀を受け取った。

重い。それに普通の竹刀より太い。片手で持って軽く振ってみた。

それを見た嶋崎が、

「無理はなさらずともよいです。持参された竹刀でも結構です」

と、思いやったことを言った。

「ご懸念には及びませぬ」

答えた大河はすっくと立ち上がった。

二

「嶋崎さん、せめて胸当てをつけられたらいかがです？」

大河は立ち上がるなり忠告めいたことを口にした。

「滅多に使わぬものです」

「突きをくらえば怪我をしかねませんよ」

嶋崎は眉宇《びう》をひそめた。

「山本さん、心配ならご自分がつけられるがよいでしょう」

大河はいらぬことと、首を振った。

「では三本勝負で……」

嶋崎がさっと竹刀を構えた。

いきおい顔つきが変わった。人を射殺《いころ》すような眼光。大きな口は一文字に引き結ばれ、眉間《みけん》に彫られたしわを中心に眉《まゆ》が吊《つ》り上がった。険しく獰猛《どうもう》な顔つきだ。

大河はゆっくり構えた。青眼である。重い竹刀だが、大河はいっこうに気にしていなかった。子供の頃から重い木刀を振りつづけているので、何の違和感もない。

道場は水を打ったように静まった。しーんとした静けさを、床を踏む両者の足音がかすかに破るだけだ。送り足と摺《す》り足を使って間合いを詰める。

「やーッ！」

大河は道場にひびく気合いを発すると、嶋崎の出方を見るために、いきなり三連続の突き技を放った。

突き突き突きと送り込むたびに、床を蹴る音が重なった。

嶋崎は下がってかわした。

（なるほど……）

大河は内心で感心した。だが、見切られてもよい突きであったから気にもしない。

嶋崎が左にまわり込む。大河の剣尖《けんせん》がそれを追う。と、突きと見せかけての上段打ちが襲いかかってきた。

大河は片手ですり落とし、即座に後ろ首に竹刀を振り落とした。

「えーィ！」

寸止めのつもりだったが、わずかに嶋崎の後ろ首に竹刀が触れていた。見学をしている門弟たちが小さくどよめいた。

嶋崎は一本取られたことを素直に認め、すすっと元の位置に戻った。顔つきがさらに険しくなっていた。

検分役を立てていないので、二人は呼吸を揃えたところで前に出た。

大河は即座に面を打ちに行った。上段に上げた竹刀は弧を描かず直線的に伸びていく。しかもそれは電光の速さである。だが、嶋崎は払うように受けた。

バチーンと、竹刀同士の発する音が道場にひびいた。

その直後、嶋崎が斬り込むように右八相から竹刀を振ってきた。

大河は正面で受けた。そのまま押し返そうとしたが、嶋崎は体を反転させたと思うや、片腕を大河の脇の下に入れそのまま投げ技を使った。

虚をつかれた大河は、床に倒れ込みながら横に転んだ。立ち上がろうとしたところへ、嶋崎が唐竹割りに竹刀を落としてきた。

身を捻《ひね》ってかろうじてかわす。そこへまたもや嶋崎の激烈な一撃が飛んできた。胴間声の気合いを発しながらの突きである。

大河は横へ払って右面左面、さらに右左と打ち込んでいく。

えいッ、ヤー、えいッ、ヤー！

嶋崎は受けながら下がり板壁を背にした。大河はもう下がることのできない嶋崎に、裂帛《れっぱく》の気合いを込めて突きを見舞った。

バリッ！

嶋崎が横に逃げたので、大河の竹刀は板壁を突き破っていた。門弟らが驚きの声を漏らしたとき、大河はすぐさま竹刀を引きつけたが、嶋崎が横から突いてきた。

下がりながらかわしたが、嶋崎は「おりゃあー！」と、体あたりの恰好《かっこう》で打ち込んできた。剣尖がそれたが、かまわずに大河の首に片腕をまわし投げ飛ばそうとする。

大河は投げられまいと堪《こら》えるが、首にまわされた腕が喉《のど》に食い込み息が苦しくなった。右手に持った竹刀を振ろうとするが、それは嶋崎の背にまわっていてどうしようもない。

対する嶋崎は右腕で大河の首を絞め、左手に持ち替えた竹刀を振ろうとする。大河はその手をつかんで離さない。

息がだんだん苦しくなり、頭に血が上ってきて意識が薄れそうになる。両者は竹刀を振ることのできない体勢でじりじりと横に動く。

「ううっ、ううむ……」

大河の口からうめきが漏れれば、嶋崎も腕に力を込めるうめきを腹の底から絞り出す。

「たあッ！」

大河は渾身《こんしん》の力を振り絞って嶋崎の体を押して背後の板壁に押しつけた。瞬間、大河は嶋崎に足を払われ、片手をつきながら横に倒れた。

「おりゃーーッ！」

嶋崎の突きが、立ち上がろうとしていた大河の土手っ腹に打ち込まれた。これが真剣なら一瞬にして勝負ありで、大河の胃の腑《ふ》が抉《えぐ》られているはずだった。だが、嶋崎は紙一重のところで竹刀を止めていた。

一本取られた。これで一対一のおあいこである。

二人は元の位置に戻り再度向かい合った。呼吸が乱れていた。滝のような汗が背中に流れている。脇の下にも首筋にも汗の筋があった。顔には玉の汗が張りついていて、稽古《けいこ》着《ぎ》は黒くなっていた。

大河はすいと、竹刀を前に出した。竹刀の先を不安定に揺らす鶺鴒《せきれい》の構え。

嶋崎は中段から、右足を後ろに引いての右八相。

そのままにらみ合う恰好になった。互いに出方を探りながら隙を窺《うかが》う。だが、前に出ることができない。嶋崎は仕掛けてこようとしない。

大河は一足前に出た。竹刀をにぎる手から力を抜き、気取られぬように息を吸って吐く。嶋崎には気迫がみなぎっている。だが、大河も気迫なら負けていない。

無言のままのにらみ合いがつづいた。

すっと大河が前に出ようとしたときだった。

「ここまでにしておきましょう」

嶋崎があっさりと竹刀を下ろしたのだ。

大河は眉宇をひそめた。

「まだ勝負はついておりません」

「いや、つきました。だが、ここは引き分けにしましょう」

大河は片眉を動かした。

「山本さんは噂に違《たが》わぬ腕をお持ちです。そのことがよくわかりました。お相手いただき礼を申します」

嶋崎が一歩下がって頭を下げた。

大河は目をしばたたき、文句を言おうとしたが、

「いやお強い。まことに強い方だ」

と、嶋崎は言葉を重ね、大きく下がった。

三

大河と嶋崎が試合をした日から数日後に、栄次郎は一度敗れている石山孫六と土佐藩邸において再戦し、勝利していた。

「一度負けた相手には二度と負けぬ。それがおれだ」

ワハハと、高らかに笑う栄次郎は機嫌がよかった。試合は三本勝負で行われ、栄次郎は一度も勝ちを譲らなかったらしい。

栄次郎は試合のあとで鍛冶橋道場を訪ねてきて、そのまま母屋の座敷で重太郎を相手に茶を飲んでいるのだった。師範代としての仕事を終えた大河もその場に呼ばれ、茶をもてなされていた。

「それにしても周作伯父《おじ》様はいつまで水戸におられるつもりなのだ？」

重太郎が茶を飲みながら訊《たず》ねる。

「水戸を気に入っておられるので、もう江戸には戻ってこられないかもしれません」

「水戸はいいところであるか？」

「まあ冬の寒さは応えますが、住みよいところです。江戸のように狭苦しくないので、のびのびとした気風があります。たしかに水戸は田舎ですが、これが隅に置けない」

「隅に置けぬとは？」

「弘道館という藩校が立派なのです。まさに文武両道。わたしの門弟らも学問好きが多いのです。江戸だ江戸だと威張ってはおれません。水戸はそんなところです。父上も水戸学と言う学問に心惹《こころひ》かれるらしく、藤田《ふじた》東湖《とうこ》という先生の話を熱心に聞かれている」

「藤田東湖……」

「学者ですよ。わたしはあまり興味はありませんが、そばにいるので自《おの》ずと耳学問をしとります」

栄次郎は茶請けの沢庵《たくあん》をつまんでぽりっとかじった。

そばにいる大河は、話に割って入れないのでおとなしく耳を傾けているだけだ。ときどき、佐那が廊下を通るのでそっちに視線を向けたり、傾いている日を受けている障子に目をやったりした。

「どんな学問なのだろうか？」

「おや、重太郎さんも興味がありますか？　まあ、わたしも詳しくはありませんが、天子様をてっぺんに置いてつぎに将軍があるのがこの国ですね。その下に大名とその家来がいる。その形は絶対に崩してはならない。それが忍び寄って来る夷狄《いてき》に対する基本であるらしいです。水戸の殿様はとくに夷狄は打つべきだと声高におっしゃっている。それはわたしも同じです。異国にこの国をいいように扱われてはたまらぬでしょう。黒船がやってきて以来、その考えはさらに強くなっているようです」

「大船《たいせん》を造られてもいるな」

「軍艦ですよ。今度他の異国がやってきたらズドンです」

ハハハと、栄次郎は愉快に笑う。

その軍艦は安政《あんせい》三年（一八五六）に竣工《しゅんこう》する旭日《あさひ》丸である。

「そうだ、大河」

栄次郎は突然、思い出したように大河に声をかけた。

「試衛館での試合はどうなったのだ。まだ聞いていなかったな」

「いま思えば納得のいかぬ試合に終わりました」

「どういうことだ？」

栄次郎は眉宇《びう》をひそめた。大河は嶋崎勇とどういう戦いをしたかを話した。

「一言で申すなら、喧嘩《けんか》殺法でしょう。剣術はもとより投げる蹴《け》るの何でもありです。とにかく勝てばよいといったふうな……」

「だが、勝手にその嶋崎が引き分けにしてしまったと……」

「たしかに腕はありますが、剣術のみにかぎればさほどではないと感じました。もう一番やれば、負けると思ったのでしょう。それにわたしも嶋崎さんのやり方がわかりましたから……」

「さようであったか。ま、門弟の手前、無難に引き分けにしておいたほうがよかったのだろう。何とも情けない話である。それでつぎは誰とやるのだ？」

「まだ決まっていません」

「大河、わたしに考えがある」

重太郎が口を挟んできた。

「士学館に上田《うえだ》馬之助という男がいる。目覚ましいほど強いと聞いた。それに、おぬしは士学館の門弟に因縁とも取れる喧嘩を吹っかけられている。意趣返しではないが、思い切って暴れてみてはどうだ」

大河はキラッと目を光らせた。おそらく重太郎は、大河が理不尽な喧嘩を売られたのに、桃井春蔵に注意されたことを快く思っていないのだろう。

「望むところです。ですが宗家の桃井春蔵殿ともやってみたいです」

「それは面白い」

栄次郎が膝《ひざ》をたたいて大河を見た。

「どうせやるなら士学館当主が面白いだろう。重太郎さん、大河は伸び盛りの男、是非ともやらせるべきです」

「そなたは一度勝っているからな」

重太郎はそう言ってから思案顔で腕を組んだ。

栄次郎は嘉永二年（一八四九）の夏に桃井春蔵と対戦し勝ちを収めていた。栄次郎十七歳のときだ。

「大河にも勝ってもらいましょう。ここは北辰一刀流の意地ですよ」

栄次郎が言葉を重ねると、

「よし、早速手配りしてみよう」

と、重太郎が腕を解いてうなずいた。

大河は内心の勇を奮い立たせ、背筋を伸ばし目を輝かせた。

四

士学館の当主桃井春蔵と、高弟の上田馬之助との対戦は十月の半ばに行われることになった。重太郎が打診をすると、あっさり応じてくれたということだった。

それまで半月以上あるので、大河は自己鍛錬と師範代の仕事をたんたんとこなしていった。

鍛冶橋道場にやってくる門弟には、諸国大名家の子弟が多い。

彼らは稽古《けいこ》を終えると道場の隅で車座になって他愛《たわい》もない世間話をするのだが、彼らの口から出るのは攘夷《じょうい》だとか、佐幕だとか、大河にはなじめぬ話が多くなっていた。

ある日、大河はそんな門弟の一人に、

「みんなの話を聞いていると、何だか世の中が騒がしく聞こえるが、いったいどういうことなのであろうか」

と、聞いてみた。

その門弟は土佐藩江戸留守居役に仕え、諸事雑用をこなす下士だったが、上役の留守目付などからいろんな話を聞いているらしい。

「大きな声では言えませんが、幕府の弱腰に腹を立てたり不信を募らせている大名家が少なくないのです。どこの家中とは言いませんが、開国だ攘夷だで藩政が分かれているところもあるようです」

「幕府に不信を……それは何故？」

大河はまったくこういったことに疎い。関心がそちらに向かないのだ。だが、このところ同じような話を耳にするので聞いたのだった。

「幕府はアメリカと掛け合って条約を結びましたが、その後イギリスから長崎にやってきた艦隊長官とも条約を結んでいます。先に幕府は下田と箱館の開港をペリーに許しましたが、イギリスにも長崎と箱館の開港を許したのです。すると、今度はロシアがやってきて自分たちとも条約を結んで、開港しろと迫っているのです。幕府は異国の言いなりになっていると言う他ありません。もし、ロシアとも条約を結ぶことになったら、幕府の威信は失墜です。よって幕政を疑う人もいますし、諸藩が幕府に代わって立ち上がるときが来たと鼻息を荒くされている人もいます」

「それがまことなら、黙ってはおれぬな。それにしても異国がそんなに来ているとは知らなかった」

「異人にこの国を乗っ取られたらどうします」

「そんなことはあってはならぬ」

大河はつい声を荒らげた。

「さようです。あってはならぬことです」

その夜、大河は異国のことを考えてみた。

昨年、浦賀にペリーがやってきたとき、大河はその様子を見に行った。遠くからであったが、艦上でうごめく異人たちを見ていた。

（あやつらが……）

心中でつぶやき、いざとなったら斬り込んでいくしかないと、怒りを覚えた。

だが、一介の浪人である大河には何もできない。そのことはよくわかっている。

（ならばおれは何をすべきなのだ）

火鉢のなかで燃える炭を凝視して考えた。

狭い長屋は隙間風が入り、底冷えがする。褞袍《どてら》を羽織り、火鉢にあたって寒さをしのぐしかない。薄暗い行灯《あんどん》が自分の影を作っていた。

「おれは……」

大河は自分の影を見てつぶやいた。

いくら考えても、異国と幕府の掛け合いに口を挟むことはできない。幕府に注進することもできない。よき考えがあったとしても、誰に進言すればよいのだ。

大河は首を振った。幕府が異国に阿《おもね》ったとしても所詮《しょせん》、自分には何もできない。できもしないことを考えて何になると、心中で吐き捨てる。

そうだ、おれにはやることがある。やらなければならぬことがと、火鉢のなかに視線を戻して我に返った。

日本一の剣士にならなければならぬ。その思いは郷里を出てきたときから終始一貫して変わることがない。

そして、いま大河は長い階段の頂上に近づいていることを実感していた。だが、一抹の不安もあった。もし、頂点に立てたとしても、その先に何を求めるのかということだ。

嶋崎勇に言われたことを思い出した。

いずれ道場を立ち上げるのか、あるいは仕官を望んでいるのかと聞かれた。大河は首を振って仕官など考えていないし、いまは道場を開く考えもないと言った。対する嶋崎は、自分は百姓の出だから剣術で身を立て、いずれは侍になりたいと、はっきりした目標を口にした。

大河はその辺が曖昧《あいまい》である。強くなれば、自《おの》ずと仕官できるだろうし、道場も開けるはずだとぼんやり考えている。

現に出稽古をやれるようになり、ついには鍛冶橋道場では師範代にもなり、食うに困ることのない身分になった。あとはおのれの腕に磨きをかけ、強い相手を打ち負かしていくだけだ。

（それでよいのではないか。それではいかぬのか……）

大河はおのれに問うが、答えはすぐに出ない。出ないが、もうそれ以上深く考えるのをやめた。

「そなたに試合の申し込みがあった」

重太郎からそう告げられたのは、数日後のことだった。

「わたしにですか……」

大河は目をしばたたいた。これまでの他流試合は、道三郎の斡旋《あっせん》によることが多かった。先方からの申し込みは初めてである。

「相手は誰です？」

「練兵館の桂小五郎《かつらこごろう》だ。塾頭を務めている男だが、聞いたことはないか？」

「知っています。昨年、斎藤歓之助殿と立ち合ったときの検分役でした」

「おそらくそなたに負けた歓之助殿の借りを返すつもりなのだろう」

「どういう思惑があろうが受けて立ちますよ」

「ならば然《しか》るべく返事をしよう」

五

桂小五郎は黄葉した銀杏《いちょう》の下に立っていた。地面には落ち葉が堆積《たいせき》している。

（このまま剣術をつづけるべきか、否か……）

小五郎の胸は揺れ動いていた。

剣術の大切さはよくわかっている。しかし、将来のことを考えると、剣術は精神と肉体の鍛錬にはなるかもしれぬが、おのれの人生に利するところがあるだろうかと、懐疑的になっていた。

小五郎は医者の子だったが、七歳で養子に出された。少年時代は病弱でこれという志などなかったが、実の父親からことあるごとに、武士になれるように歯を食いしばって力の限り精進せよ、骨身を惜しむことなく武芸と学問を身につけろと言われつづけてきた。小五郎は言いつけを守り、漢学や兵学を学び、さらに剣術の腕を上げた。

江戸には私費でやってきて斎藤弥九郎の練兵館に入門し、一年後には塾頭にまでなった。剣術で世を渡っていけると思いはじめたのはその頃だったが、黒船来航が気持ちに揺さぶりをかけた。

小五郎は長州藩の要請で海岸警備の警固隊の一員に加わり、黒船の威容に驚嘆した。

——異国の脅威は侮れぬ。

もし、アメリカの艦隊が大挙して江戸湾に押し寄せてきたら江戸幕府はひとたまりもないだろうという危惧《きぐ》を抱いた。

警固隊の任から離れると、小五郎は早速、当代一の西洋砲術家であり海防論者の韮山《にらやま》代官江川英龍《えがわひでたつ》に弟子入りをした。

弟子入りがすんなりできたのは、英龍と練兵館当主の斎藤弥九郎が昵懇《じっこん》の仲だったからである。また英龍は練兵館設立時には資金援助もしていた。

小五郎はその英龍と弥九郎に従って、品川台場設置のための測量も行っていた。そして、今年ペリーが再来航するという出来事があった。

英龍は強い海防論者だったので、小五郎もその考えに感化され、また剣術だけでなく学問でも身を立てられるという感触を得ていた。

何より師の江川英龍は勘定吟味役に登用されている。その英龍からの引き立ても期待できた。

そうは言っても何の保証もない。小五郎の一人勝手な思い込みでもあった。

しかしながら、小五郎は剣術への見切りをつける必要があると、薄々感じていたのだった。

「山本大河か……」

つぶやいて、山本大河と斎藤歓之助の試合を思い出した。昨年暮れのことだから、もう一年近くになる。それなのに、山本大河の試合ぶりが忘れられない。

剣術を取るか、学問で身を立てることを取るか、その見切りをつけるのが、山本大河との一戦だという思いが募っていた。

それ故に小五郎は、当主（斎藤弥九郎）の長男新太郎《しんたろう》に頼み、山本大河との他流試合を申し込んでいた。

（受けてくれるだろうか……いや、受けてもらわなければ困る）

小五郎は寄宿舎のある丘から見える牛込《うしごめ》方面の町屋に目を注いだ。町は暮れなずみ、冬の日はもう沈もうとしている。空に浮かぶ筋状の雲は朱に染まっているが、やがてゆっくりと色をなくし江戸の町に薄闇を被《かぶ》せていく。

小五郎は振り返った。すぐそばに寄宿舎があり、その先に道場があった。道場はすでに閉まっており、人の姿もなかった。

きびすを返して寄宿舎のほうに向かっていると、道場の陰から人があらわれた。小五郎を見て、「桂か」と声をかけてきた。

「はい」

相手は新太郎だった。練兵館の次期当主になる男だ。

小五郎は落ち葉を踏みながら新太郎に近づいた。

「玄武館の千葉重太郎殿から知らせが届いた。山本大河との一戦快く引き受けてくれた」

小五郎はカッと目をみはった。

「いつになります？」

「日時はこっちで決めてくれと言っている。いかがする？」

小五郎は練度を上げるための日数を考えて答えた。

「半月ほど先ではいかがでしょう。切りよく、十一月朔日《さくじつ》では……」

「わたしはかまわぬ。ならば、明日にでもそのことを伝えよう。寒いのに何をしておったのだ？」

「考え事です。たいしたことではありません」

「たまには酒でもやるか」

「喜んで」

小五郎はそのまま新太郎について母屋の座敷に入った。

長火鉢を挟んで向かい合うと、女中が運んできた酒を酌み交わした。

「山本との試合は楽しみだが、負けるな。弟を負かした相手だ」

「わかっています。歓之助様の敵を取るつもりで戦います。勝ちを譲る気はありません」

「その心意気だ」

新太郎は片頬に笑みを浮かべ、

「今日、本所《ほんじょ》に行ってきたのだ」

と、言った。

「江川先生のお屋敷に……」

江川英龍の屋敷は本所にあった。新太郎も父弥九郎の影響があり、英龍の門人になっており砲術などを学んでいた。

「あの年で意気軒昂《けんこう》だ。会うたびに熱弁をふるわれる。今日は新しいことを聞いた」

「何でしょう？」

小五郎は身を乗り出して新太郎を見た。

「幕府はいよいよロシアのプチャーチンと掛け合うらしい。おそらくプチャーチンの申し入れを受けることになるだろう。そうなれば、幕府はアメリカ、イギリスにつづき、ロシアにも開港することになる。アメリカとの通交はともあれ、イギリスやロシアとの通交は由々しきことだと口を酸っぱくされていた」

「幕府はなぜ断らないのです」

「わたしに問われてもわからぬ。だが、いまの幕府は弱腰すぎると言われる。先生は大砲や銃の製造を増やすと同時に爆裂砲弾の研究を進められていらっしゃる」

「爆裂砲弾……」

「これまでの大砲より数倍の威力のある弾らしい。西洋列強に対抗するためには、我が国も強力な武器を持たねばならぬのだ。それに幕府がいつまでも弱腰なら、浪人、郷士、町人問わず農民などからなる兵を作ってもよいとおっしゃる」

「江川先生の一存でさようなことができるのでしょうか？」

もしできるなら面白い。新しい組織ができることになればと、得もいえぬ期待感が小五郎の胸にわいた。

「どうであろうか。わたしはそのあたりのことはよくわからぬからな。もっとも軍艦建造と大砲製造は急がなければならないだろう」

「異国がつぎつぎとやってくることで、幕府は変わりつつあるのではないでしょうか。いえ、この国そのものが変わっていくのかもしれませぬ」

「先生も似たようなことをおっしゃっていた」

小五郎は新太郎に酌をしてやり、女中が運んできた肴《さかな》を受け取った。肴は小鉢に盛られた芋と蒟蒻《こんにゃく》の煮物だった。

「まあ、幕府のやり方に口出しはできぬ。ここはじっと見ているしかなかろう。先生のように忸怩《じくじ》たる思いをしても、わたしらには何もできぬのだ」

「まあ、おっしゃる通りでしょう」

「桂、山本大河に負けてはならぬ。それが、いまおぬしのやるべきことだ」

「試合まで稽古《けいこ》に励みます」

小五郎は杯をほした。

六

上田馬之助は肥後《ひご》新田《しんでん》藩細川《ほそかわ》家の家来であるが、下士であるために自由が利いた。藩主は代々定府の身なので、馬之助も江戸で生まれ育っているがために、他国大名家の勤番侍をどこか蔑《さげす》んでいるところがあった。

（ふん、田舎者め）

参勤で江戸に来て、ものめずらしそうに歩く勤番侍を見るたびに、腹のなかで嘲《ちょう》笑《しょう》していた。

熱心に稽古を積んでいる同じ士学館にも、似たような者たちが来る。だが、同じ道場の門弟なので、それなりの接し方はしていた。

その日、馬之助は師の桃井春蔵から、

「山本大河との試合前だ。酒は慎め」

と、注意をうながされていた。

だが、そんなことを聞く馬之助ではない。酒は好きだし、女も好きだ。唯一博打《ばくち》をやらないのが救いである。

ただ、血の気が多いのか短気だ。怒れば肉厚の顔に、ぎょろりとした大きな目が、異様な光り方をして相手を威圧する。中背ながら肩幅が広く頑丈な体をしているので、周囲の者は馬之助の機嫌を損ねないように接するのが常だ。

稽古を終えた馬之助は、その足で三十間堀《さんじっけんぼり》に架かる三原《みはら》橋の近くにある料理屋の二階に行って早速酒を注文した。同じ藩の酒井《さかい》彦三郎《ひこさぶろう》と待ち合わせをしていたが、まだ来ていなかった。

馬之助は適当な肴を見繕ってもらい勝手に飲みはじめた。日が暮れると急に寒さが増す季節である。そんなときに熱い酒をキュッとやると、体の芯《しん》から温まってくる。

「遅くなった。待ったか？」

酒井彦三郎が二階座敷に上がってきたのは、一合ほど酒を飲んだときだった。

「来たばかりだ。さ、やれ」

馬之助は彦三郎に酒を勧めた。

周囲には職人や近隣の大名家の勤番が車座になって酒を飲み、何が面白いのか知らぬが笑い声を上げたり、下らぬ話をしていた。料理や酒を上げ下げする女中がそばに来れば、からかってまた笑う。

「試合をするそうだな」

他愛《たわい》もない世間話をしたあとで、彦三郎がそんなことを言った。

「ああ、玄武館の門弟だ。強いという噂だが、たいしたことはなかろう」

馬之助はくいっと杯をほす。

「何という男だ？」

「……山本大河と言ったか。何でもうちの道場の若い門弟四人を打ち据えたらしい。おぬしもうちの道場にいた男だから、島村八次郎を知っているだろう」

「あのどケチか。おれはあの男が嫌いだから道場通いをやめたのだ。だが、それがどうした？」

「島村はその山本大河と勝負して負けているらしい」

「ほう、すると山本という男はそこそこ腕が立つのではないか」

「島村が弱いだけだ。あれはこすい技を使っているに過ぎぬ。真の強さは持ち合わせておらぬ。おれは何度も稽古で立ち合っているが、負けたことはない。島村は格下のやつに勝って威張っているだけだ」

「そうは言ってもおれは勝ったことがない」

彦三郎は苦笑交じりに言う。

「おぬしは稽古嫌いなだけだ。もっと真剣に稽古をすれば、島村などものの数ではない」

「そうは言うが、おれは士学館に舞い戻るつもりはない。通うとすれば、やはり玄武館だろうか。近くでもあるからな」

そこへ女中がやってきて、料理の注文はないかと聞いた。

「うまい刺身があればそれを頼もう」

女中は板前が鰆《さわら》のいいのを仕入れていると言う。馬之助はそれをくれと言ってから、

「ちょいと待て」

と、女中を引き止めた。

「髷《まげ》が乱れている。ここへ座れ。客の手前、そんな髪では失礼だ」

馬之助は女中が髪に挿している簪《かんざし》を抜くと、それで乱れた髪を手際よく整えてや

った。

「この男、顔に似合わず手先が器用なのだ。とくに女の髪なら何でも結える」

彦三郎が茶化すように言うと、三十年増《としま》と思える女中は照れ臭そうに笑んで礼を言って板場に戻っていった。

「見苦しいことよ。女中をその手で口説くとはな」

そんな声がすぐに聞こえてきた。

馬之助はその男を見た。勤番侍だ。

「どこの家中か知らぬが、女ひでりがつづいているのだろう」

男はそう言って馬之助から視線をそらし、小馬鹿にした笑いを漏らして酒を飲んだ。

「おい、もういっぺん言ってみろ」

馬之助は目くじらを立てて相手をにらんだ。頰を紅潮させ、手にしている杯を強くにぎる。

「上田、やめろ。冗談だと思って受け流せ」

彦三郎が窘《たしな》めたが、馬之助は黙っておれなくなった。

「おい、きさま。おれを愚弄《ぐろう》したな」

「愚弄などしておらぬ。見たまま、思ったことを言ったまでよ」

　馬之助は手にしていた杯を相手に投げた。相手はうまくかわしたが、顔色を変えて脇に置いていた刀をつかみ取った。仲間が抱きつくようにして「やめろ」と、止めたが、そのとき馬之助は立ち上がっていた。

「人を愚弄して、刀を抜くつもりか。上等である。存分に相手をしてやるから抜いてみろ」

「やめろ、落ち着け。こんなところで喧嘩《けんか》はなかろう」

　彦三郎が懸命に止めようとするが、馬之助はずいっと相手に近寄ると、いきなり拳骨《げんこつ》で頬を殴りつけた。相手は横に倒れて、怒りに燃えた目を向けてきた。

　そのことで二階座敷はしんと静まり、緊迫感が漂った。

「きさま、勘弁ならぬ」

　相手は立ち上がりざまに刀を抜いて斬りつけてきた。馬之助はとっさに下がると、自分の刀を手にするや、すぐさま抜刀した。

「やめろ、やめろ。やめるんだ。斬り合いはいかぬ。ここまで、ここまで」

　彦三郎が間に入って、両手をあげて刀を納めるように相手に言った。相手の仲間も、背後から帯をつかんで馬之助から遠ざけた。

「この男は士学館、桃井春蔵先生の一番弟子、上田馬之助だ。もし斬り合いになれば、そのほうの命はないだろう」

彦三郎に言われた相手は、大きく眉《まゆ》を動かして驚き顔をした。

「何だ、士学館の者だったか……」

喧嘩を売ってきた相手は急に臆《おく》した顔になり、その場に腰を下ろした。すると、仲間が相手が悪かった、ここは引きあげだと言い、帰ろうとうながした。

「もう一杯飲んでからだ」

相手は開き直ったことを言った。

「きさま、目障りだ！　本気で斬るぞ！」

馬之助がいきなり胴間声を発したので、相手は飛び上がるように後じさった。虚勢を張っていたが、それで怖《お》じけたのか、黙って立ち上がると仲間といっしょに二階座敷から出て行った。

すわ斬り合いがはじまると思った他の客も、興醒《きょうざ》めた顔をしていたが、少しずつ話し声が増えていった。

「上田、刃傷沙汰《にんじょうざた》を起こしたら、ただではすまないことぐらいわかっておろう。まあ、さっきの野郎が悪いというのはわかるが、短気はいかぬ。それに大事な試合の前ではないか。怪我でもしたらいかがする」

「ええい、うるさいことを。飲み直しだ。酒を注文しろ」

不機嫌に言った馬之助は、残りの酒を勢いよく飲みほした。

七

桃井春蔵と上田馬之助との試合まであと二日となった。

その日、大河は重太郎を相手にみっちり稽古《けいこ》で汗を流して道場を出た。すでに宵闇が漂い、町屋には竈《かまど》から出る煙が路地に漂っていた。

道場を出てすぐのことだった。脇の路地から出てきた男が、通せんぼをするように立ち、大河をにらんできた。

「きさま……」

相手は士学館の原野剛太郎だった。鉄砲洲の浜で立ち合いを望み、負けると仲間を連れて仕返しに来た男だ。

「何用だ？」

大河に問われた原野は、黙って近づいてきた。

「桃井先生と上田馬之助さんと立ち合うそうだな」

「…………」

大河は黙って相手の目を見つめる。

「おれは破門された」

原野は悔しそうに唇を噛《か》んでつづけた。

「それでよく考えたのだ。おぬしに言われたことを……」

大河が眉宇《びう》をひそめると、原野は短く嘆息した。

「おぬしはおれに言った。きさまは剣術を馬鹿にしている。頭を冷やして妻子のいる田舎に帰れと言った」

「…………」

「破門されて、おれはよく考えた。たしかにおぬしの言うとおりかもしれぬ。そして、恩師のようになりたいのなら鍛錬しろ、強くなる秘訣《ひけつ》などないと言った。たしかにそうであろう。おれは国許《くにもと》に帰り、もう一度やり直すことにした」

「…………」

「妻と子を養いながらもおれは強くなる。何が何でも剣術で身を立ててみせる。今度江戸に来たときには、きさまに負けぬ男になっている」

原野は奥歯を嚙み目をぎらつかせた。

「いつ帰るのだ？」

「明日だ。妻と子と年を越すことにした」

「それは何よりだ」

大河は軽く会釈して去ろうとしたが、原野がすぐに声をかけてきた。

「もし、おぬしが桃井先生と上田さんに勝ったならば、江戸に来たときにはおぬしに弟子入りしたい。悔しくてならぬが、潔く教えを請いたい」

大河は長々と原野を見つめた。

「悔しく思うのは勝手だが、その悔しさを肥やしにして一歩ずつ前に進めばよいだろう。おれも一念岩をも徹す思いで鍛錬してきた。これからもそれは変わらぬ」

「一念、岩をも徹す……」

「さよう。道中気をつけて帰られよ」

大河はそのまま原野の横を素通りした。

「山本大河ッ」

すぐに声が背中を追いかけてきた。大河は立ち止まって振り返った。

「きさまにはまいった。いつぞやは無礼であった。このとおり許してくれ」

原野は頭を下げた。大河が醒めた目で眺めると、原野がゆっくり顔を上げた。

「負けるな」

大河はうむと顎《あご》を引いてうなずいた。

「では……」

原野はそう言うと、今度は先に歩き去った。大河はその姿が町屋の角を曲がって見えなくなってから、再び歩き出した。

得もいえぬ切ない感情が胸の内にあった。自分と同じように剣術で身を立てようと思っている男がいる。それは一人二人ではなかろう。おそらく江戸には数え切れないほどいるはずだ。

しかし思いを果たせず、原野のように去っていく者も少なくなかろう。この先原野がいかほど剣術に身を入れて精励するかわからないが、大河はおのれの選んだ道を進むだけである。

士学館での試合は明後日《あさって》に迫っている。大河は歩きながら臍下《せいか》に力を込め、西の空に浮かんだ星を眺めた。一番星である。

第六章　飯盛女

一

「試合は士学館でやる手はずであったが、先方が当道場でやりたいと言ってきた」

重太郎からそう告げられたのは、試合の当日だった。

「ここで……」

「まあ、どこでやろうと同じであろうが、桃井殿は門弟の前で恥をかきたくないのかもしれぬ」

重太郎はそう憶測したが、大河はそんなことはないはずだと思った。だが、それはどうでもよいことで、自分の道場でやるなら少なからず地の利があると思った。もっとも道場なので、いかほど自分に有利にはたらくかはわからぬが、相手の道場へ足を運べば我知らず緊張するものだ。鍛冶橋道場ならその分気が楽である。

「いつ見えるんです？」

「八つ（午後二時）過ぎに見えるそうだ。その前にひと汗流すか？」

重太郎はそう言ったが、

「ならば、先に飯を食っておきます。それから軽く竹刀でも振ることにします」

大河は余裕のあることを言ったが、体力を温存しておこうという思惑があった。近くの一膳飯屋《いちぜんめしや》で早めの昼食を取ると道場に戻り、新しい稽古着《けいこぎ》に着替え、軽く体を動かした。

稽古をしていた門弟たちにも、試合の件は伝えられており、急用のない者は昼を過ぎても道場に残っていた。

約束の刻限が近づくにつれ気分が高揚してきた。いつもより落ち着きのない自分にも気づいた。おそらく相手が桃井春蔵という名のある人だからであろう。

大河は気を静めるために、道場から出て堀端を散策した。お堀には軽鴨《かるがも》の親子が泳いでおり、ときどき頭を水のなかに突っ込んで餌を探していた。

堀の向こうにある大名屋敷の甍《いらか》が冬の日射しを照り返し、銀色に光っていた。

桃井が鏡新明智流宗家を継いだのは、約三年前のことである。創始者の桃井直由《なおよし》から数えて四代目にあたるが、士学館はいまの桃井春蔵の代になってから急に人気が出、門弟数を増やしていた。

巷《ちまた》では桃井春蔵、斎藤新太郎、そして千葉栄次郎が、当代一の剣客だと言われてもいた。それだけ高名な相手との試合である。

大河はこれまで高柳又四郎や、斎藤歓之助と立ち合ってきたが、今回ほど心を震わせることはなかった。

時間を見計らって道場に戻って間もなく、玄関のそばにいた門弟たちがざわめくと、すでに稽古着姿になっている桃井春蔵と上田馬之助がやってきた。

大河にはどちらが桃井で、どちらが上田かはわからなかったが、人の醸し出すなんとも言えぬ雰囲気で、先に道場に上がったのが桃井だと察した。

背筋をすっと伸ばした姿勢のよさ、落ち着きのある顔つき、所作には品が感じられる。案の定、重太郎が迎えに出て、

「桃井殿、しばらくです」

と、挨拶《あいさつ》をした。

「お世話になります。こちらが上田馬之助です」

紹介された上田は、お初にお目にかかりますと、やや嗄《しわが》れた声で挨拶をした。

大河は重太郎に呼ばれ、

「こちらが山本です。どうぞ存分に揉《も》んでください」

と、紹介された。

「山本大河です。わざわざご足労いただきありがとう存じます。お目にかかるのを楽しみにしていました」

大河は口の端に余裕の笑みを浮かべて桃井に挨拶をし、上田を見てやはり小さく笑んだ。上田は不遜《ふそん》な面構えでうなずいただけだった。

重太郎は桃井と他愛《たわい》もないことを短くやり取りしてから、

「早速はじめますか」

と、誘いかけた。

「先に上田と立ち合ってもらいましょう。山本殿、よろしいかな」

桃井が大河を見て静かに言った。

早速支度にかかり、道場中央付近で、板壁を背にして向かい合う。鍛冶橋道場の門弟らが、固唾《かたず》を呑《の》んだ顔で邪魔にならない場所に控えて成り行きを見守っている。

大河が面を被《かぶ》って支度を終えたとき、佐那が見所脇に座るのが見えた。大河は目の端でちらりと見ただけで、検分役をやる重太郎にうながされて進み出た。

上田馬之助は大河より背は低いが、肩幅の広いがっちりした体形だった。面の奥にぎょろりとした大きな目が光っている。

作法どおりの礼をすると、重太郎が「はじめッ！」と、声をかけた。

三本勝負である。

大河は一本も落とさないと気を張っていた。

「おりゃあッ！」

大河はすっと送り足を使って前に出ると、道場内に響きわたる裂帛《れっぱく》の気合いを発した。気合いは大事である。大声で相手を威嚇する力がある。さらに大河の声はよく通るので、格下の者はそれだけで気後れする。そうなると、もはや大河の相手ではない。

しかし、上田馬之助はまったく動じず、「おおッ！」と、大河の気合いに応じるような声を発した。面のなかの目がまばたきもせずにぎらついている。

大河は微妙な摺《す》り足で前に出る。竹刀の先は落ち着きなく揺れている。手首をしなやかに使っての鶺鴒《せきれい》の構え。上田が出てこようとすると、剣尖《けんせん》をぴくっと動かして牽制《けんせい》する。上田は用心して打ってこない。

ならばと大きく一歩踏み込んでやった。瞬間、上田が突きを送り込んできた。

（見えた）

大河は内心でつぶやくと同時に、伸びてきた竹刀を紙一重でかわし小手を打った。

「おりゃあ！」

見事に決まっていた。鮮やかな出《で》端技《ばなわざ》だった。

さっと重太郎が手を上げ、一本を認めた。

すぐに二本目が開始された。上田は一本取られたことで焦りはじめていた。目にその意識の表れがあった。

大河は心に余裕を得てわざと誘いかけるように、右八相を下げた構えを取った。左脇があいているので、上田の目がそちらへちらりと向けられる。だが、誘いには乗らずに、大河の右へ体を移す。

大河は剣尖でその動きを追う。竹刀を持つ手の力をゆるめ、またわずかに力を入れ直す。

表から百舌《もず》の鳴き声が聞こえてきた。

ドンと、上田が床を強く踏んで、上段から拝み打ちを見舞ってきた。大河は素早くすり上げて、横面へ打ち込んでいく。

右、左、右と連続の打ち込みだった。決まり手にはならないが、相手の動きに乱れが出れば即座に面や小手、あるいは突きで決められる。

だが、上田は左右に払い返しながら下がった。

大河は追い込んでいって、面を打つつもりだった。

ところが、ふっと上田の姿が視界から消えた。

「どりゃあーッ！」

大河はハッとなった。胴を抜かれていたのだ。一本取られた。

三本目がすぐにはじまると、大河は勢いよく前に出た。面から突き、そしてまた面へと仕掛け、小手を打ち込んだが、うまくかわされ鍔迫《つばぜ》りあう形になった。

面越しに互いの顔が近づき、上田が鋭い眼光でにらみ押し返そうとする。

大河は片頬に余裕の笑みを浮かべ、

「甘いぞ」

囁《ささや》くように言うと、瞬時にして上田の形相が変わった。顔面が紅潮し、内心の怒りを目に表したのだ。口をねじ曲げたのも、憤怒《ふんぬ》のためだった。

（こやつ、自分を見失っておる）

大河は上田が冷静さをなくしたと感じた。

案の定だった。鍔迫りあいから離れると同時に面を打ち込んできたのだ。

大河は体をひねってかわし、上田の体を先に送り込んだ。目標を失った上田が狼狽《うろた》えたように振り返った。

大河はそのときを見逃さなかった。

「やーッ！」

気合いを発したとき、大河の竹刀は上田の面をビシッと打っていた。

二

短い休憩が取られ、大河は佐那から水をもらった。

「いい動きですよ」

湯呑《ゆの》みを返すときに、佐那は低声で言って小さく微笑んだ。こんなことは初めてだった。我知らず上気したが、すぐ自分を取り戻した。

悔しそうな顔をして座っていた上田と目が合った。大河は満足していなかった。一本取られたのは不覚であった。そのことを悔いていたが、桃井にも負けてならぬと、気を引き締めた。

「では、はじめよう」

重太郎が道場中央に進み出て、大河と桃井をうながした。

先に大河が進み出て、桃井がゆっくりした足取りで位置についた。すっと背筋を伸ばし、まっすぐ見つめてくる。大河は桃井の足許《あしもと》を見て、眉宇《びう》をひそめた。袴《はかま》の裾《すそ》で両足がほとんど隠れている。見えるのは爪先《つまさき》だけだ。それだけ袴が長いわけだが、動きにくいのではないかと思った。

しかし、試合がはじまってすぐに、桃井が長袴を着用している理由がわかった。足のさばきを読まれにくくするためだ。

「おりゃあッ！」

大河は道場にひびきわたる裂帛の気合いを発する。

対する桃井は「ヤー！」と、短く応じてすすっと間合いを詰めてくる。

青眼の構えだが、その姿勢がよい。ぴんと伸ばした背筋と正面に構えた竹刀の調和が美しい。大河はわずかに竹刀を右に移す。八相と青眼の中間の構え。

桃井が右八相に竹刀を移した。隙のない構えである。大河は前に出ようとするが、隙がない。対する桃井も大河の隙を見出《みいだ》そうとしているが、詰めようとした間合いを躊躇《ためら》い、すぐに下がる。

道場は静けさに包まれていた。武者窓から入り込む日の光が影を作っている。床はその光を照り返し、二人の姿を浮き立たせていた。

打って出られない。大河は爪先で床を噛《か》むようにして、じりじりと間合いを詰める。緩くにぎった竹刀の先を震わせるように動かす。桃井の剣尖がぴくっ、またぴくっと動く。

まだ打ち合ってもいないのに、小鬢《こびん》のあたりに汗が流れる。

（先に打たせよう）

大河は心中に言い聞かせる。

桃井には隙がない。隙がなければ先に攻撃をさせる。

どんなに強い相手でも、技を出す瞬間には隙ができる。大河はそれを狙おうと考えた。そのために、わざと上段に構え直し、左小手に隙を作った。

「えいーッ！」

気合い一閃《いっせん》、桃井が打ち込んできた。案の定、小手を狙っていた。瞬間、大河は左足をさばいて、桃井の面を打ちにいった。

ところがそれを横に払われ、胸に突きを受けた。一瞬のことだった。

「それまでッ！」

重太郎が桃井の突きを認めた。

大河はまさかと思いながら立ち位置に戻った。桃井の返し技を予測できなかったし、見えなかったのだ。

気を引き締め直して二本目の勝負に入った。

今度は先に仕掛けた。突き突きの二段突きから、小手面と打ち込む連続技である。

一本目は「静」なる立ち合いだったが、二本目は激しい「動」の立ち合いになった。

大河が打ち込めば桃井は、横に払ったり、すり上げたりしてかわし、返し技を繰り出してくる。

大河はすべての返し技をかわすと、一度大きく間合いを取った。少し呼吸が乱れていた。桃井はというと、平然としている。相変わらず構えが美麗である。

桃井が先に詰めてきた。長袴のせいで足の動きが読みづらい。だが、大河は桃井と自分の間合いを見切っていた。

青眼のまま前に出ると、面を打ちにいった。桃井も面を打ち込んできた。両者相打ちかと思われたが、大河の上段からの打ち込みは弧を描かず、直線的に伸びる。

桃井の竹刀は緩やかな弧を描いていた。その微妙な差が勝負を分けた。

「やーッ！」

大河が気合いを発したとき、竹刀は桃井の脳天を直撃していた。桃井の竹刀は大河の肩先をかすっただけだ。

重太郎がさっと手を上げて、大河の勝ちを認めた。

直後、桃井の体がふらっと揺れた。道場内に小さな驚きの声が広がったが、桃井は首を振って竹刀を構え直した。

大河の打突《だとつ》は強烈である。脳震盪《のうしんとう》を起こす者も少なくない。桃井もいまの一撃が応えたのだろう。それでも何事もなかったように構え直した。

大河は前に出た。桃井は動かない。大河は先に小手を打ちに行った。桃井は嫌がって下がったが、すぐに小手を返してきた。大河は横に払っていなす。と、桃井が素早く引いた足を前に送り込み、瞬時に突きを見舞ってきた。

「あッ」

大河が声を発したとき、喉元《のどもと》に衝撃があった。

桃井の突きをまともに食らったのだ。

「それまでッ！」

重太郎が桃井の突きを認めた。

大河は一瞬呆然《ぼうぜん》としていた。桃井の踏み込む足にとらわれ、素速く引かれる足を見ていなかったのだ。素速く引かれた足は、即座に前に出されることが多い。大河はそれを見落としていたのだった。

上田馬之助には二勝一敗で勝ったが、桃井には一勝二敗で負けてしまった。

「恐れ入りました」

負けて悔しいが、素直に桃井に礼をすると、

「そなたの打突の強さには驚いた。それに速い。恐れ入った」

と、言葉を返された。

褒められはしたが、大河は嬉《うれ》しくなかった。上田に一本取られ、桃井には完敗である。

「わたしはまだまだ未熟です。思い知りました」

桃井と上田が道場を出て行ったあとで、大河は重太郎に詫《わ》びるように言った。

「だが、よい試合をした。ためにもなったはずだ」

重太郎がそう言えば、一部始終を見ていた佐那も、

「大河殿、強くなりましたね」

と、言ってくれた。

「いいえ、おのれの未熟さを思い知りました」

大河はそう言って唇を噛んだ。

そんな大河は翌日から師範代を務めながら、自分の稽古《けいこ》をさらに増やした。上田に一本取られたことが悔しく、桃井には二本も取られた。

大河は一本も取られたくないという思いが強い。三番勝負をやれば、全部勝たなければ、勝ちと認めたくなかった。

「山本さんが十全な勝ちを望まれるのはわかりますが、些細《ささい》なことで相手に勝ちを譲ってしまうこともあるのではありませんか」

幾日かたったとき、よく稽古相手をさせる柏尾馬之助にそんなことを言われた。

「些細なことで負けるのは、おのれが弱いからだ。強ければ勝負を落とすことはない。そうではないか」

馬之助は二の句の継げない顔をした。大河はそれだけ完璧《かんぺき》主義者なのだ。

「つぎは桂小五郎と立ち合うが、一本も譲らぬ」

大河はその気であったし、試合当日まで自分の技を磨きつづけた。

三

桂小五郎はその朝早くから、練兵館の道場で門弟らの稽古に付き合い、早めの昼食を取って寄宿舎となっている道場脇の長屋で体を休めていた。

その日の午後は、玄武館の山本大河との試合が予定されていた。その試合に小五郎の迷いはなかった。これまで稽古で培った技を遺憾なく発揮するだけだと、肚《はら》を据えていた。

午後の日射しが戸口の隙間から土間に漏れ差していた。表の林で鳴く百舌《もず》や鵯《ひよどり》、あるいは目白のさえずりが聞こえてくる。

小五郎は師の吉田松陰の知らせを受け取ったばかりだった。本人からではなく、同じ長州藩士から知らされたのだ。教えてくれたのは同じ練兵館に通ってくる野村《のむら》文太《ぶんた》郎《ろう》という下士であった。

「先生が野《の》山《やま》獄に……」

小五郎は野村の童顔を見返した。

野山獄は萩にあり士分の者を収容する牢《ろう》であった。

「下田からいっしょに伝馬町の牢に移された金子重輔も萩に送られています。金子は岩倉《いわくら》獄に入れられたそうです」

岩倉獄は罪を犯した庶民が入れられる牢であった。金子は侍ではあるが、足軽だったのでそちらの獄に入れられたのだ。

「いつまで牢獄に……」

それはわからないと、野村は答えてむなしそうに首を振った。

小五郎は松陰の思想に傾倒していた。それに松陰が通っていた佐久間象山の五月塾にも何度か足を運んでいる。

ペリー再来航の折に、松陰は小五郎に下田から黒船に乗ってアメリカに渡りたいという意思を伝えていた。

「踏海してアメリカをこの目で見たいのだ。西洋がいかに進んでいるか学んでくる」

松陰がそう言ったとき、小五郎は目を輝かせて、自分も連れて行ってくれないかと頼んだ。松陰が考え込むと、連れて行ってもらえないならば、ペリーの船に乗れる算段をつけると協力の意を示した。

「いや、ならぬ」

松陰は一蹴《いっしゅう》した。

そのために小五郎は難を逃れたのだが、松陰と金子が下田奉行所に自首し、その後伝馬町の牢に送られたことは知っていた。至極残念でならず、悔しい思いもしたが、松陰の意志を継いで自分も海外留学をしたいと考え至り、藩に留学願いを出してもいた。無論、藩政庁はけしからぬと相手にしなかったのだが、

(野山獄に入れられたのか……)

と、小五郎は松陰の将来を危惧《きぐ》した。

このまま練兵館でくすぶっていてよいのだろうか、世の流れが変わりつつあるのを肌で感じている小五郎は、苦悩の色を顔ににじませた。

きーっ！

表から甲高い鵯の声が聞こえてきた。

そのことで小五郎は我に返り、カッと目を見開いて寄宿舎を出た。

(ともあれ、山本大河と立ち合ってから、向後《こうご》どうするかじっくり決めよう)

落ち葉の散らばる林を抜けて道場に入った。

冷え冷えとした道場の床板と空気が、小五郎の気を引き締め、つい先ほどまでの迷いを吹っ切った。

道場では館主の弥九郎に代わって稽古をつけていた新太郎が、小五郎に気づいてそばにやってきた。

「そろそろ山本大河が来るであろう。支度はよいな」

新太郎はすでに着替えを終えている小五郎を見てうなずいた。

「わたしは常と変わりませぬ」

小五郎が答えると、新太郎は門弟らの稽古をやめさせ、用のない者は帰ってよいと言った。だが、門弟らは小五郎と大河の試合を見物したいらしく、それぞれの場所に腰を据えた。

新太郎の父、つまり館主の弥九郎はこのところ留守をすることが多い。海防と大小砲製造に忙しく動きまわっている江川英龍と、行動を共にしているからだった。

待つほどもなく、山本大河が道場玄関に姿をあらわした。堂々とした体軀《たいく》。炯々《けいけい》と光る目。竹刀袋を片手に持ったまま道場をひと眺めすると、「鹿島《かしま》大神宮」と「香取《かとり》大明神」の掛け軸のある見所に一礼し、

「玄武館鍛冶橋道場の山本大河でございまする。桂小五郎殿との立ち合いのために参上いたしました」

遠慮のない声をひびかせた。

「お待ちしておりました」

新太郎が道場中央まで進み出て、上がるようにうながした。

大河はのっそりと道場に上がると、小五郎に目礼をして下座に腰を下ろした。礼儀作法は心得ている男のようだが、不遜《ふそん》な面構えと大きな体から醸し出すふてぶてしさは、荒々しい武芸者を想像させる。

(じつのところ、そういう男なのだろう)

小五郎は内心でつぶやいた。

下座に腰を下ろすと、斎藤新太郎から連れや供はいないのかと聞かれた。

「ありませぬ」

大河は短く応じて、

「支度ができているなら早速にも」

と言って、桂小五郎に目を注いだ。

大河は着替えの手間を省くために、稽古着《けいこぎ》で来ていた。袴《はかま》に稽古用の小袖《こそで》に綿入れの羽織をつけているだけだ。

「では、はじめるか」

新太郎が桂を見て言うと、大河は羽織を脱いで素速く小袖に襷《たすき》を掛けた。道場には三十人ほどの門弟たちが見物のために、道場の隅に控え、大河と小五郎を注視していた。

大河が先に道場中央に進むと、わずかに遅れて小五郎が目の前に立った。作法どおりの礼ののち、新太郎が「はじめ」のかけ声を発した。

大河も青眼、小五郎も青眼で対峙《たいじ》する。背は大河が二寸ほど高い。しかし、向かい合うと小五郎はその差を感じさせない。

すすっと両者同時に間合いを詰めていった。さらに大河が前に出ると、小五郎はすうっと竹刀を上段に運んだ。静かな動きだった。

大河は眉宇《びう》をひそめ、これはなまなかな相手ではないと感じた。無論、相手が練兵館の塾頭を務めている男だと知ってはいたが、大河は昨年の暮れに検分役の斎藤新太郎の弟歓之助を敗っている。試合を申し込まれたのは嬉《うれ》しいが、さほどの相手ではないと考えていた。ところが、実際に竹刀を向け合うと、小五郎には独特の凄《すご》みがあった。

それは静かな迫力といったものだ。

「おりゃあー！」

大河は気合いを発した。

その気合いは道場内にひびきわたった。

小五郎は動じないで間合いを詰めてくる。右足を前に出しての摺《す》り足。そして、左足を引きつけた瞬間、大河が動いた。

踏み込まれる前に突きを送り込んだのだ。

バシッ！

面の上部が激しい音を立てたと同時に、

「えいッ！」

と、小五郎の声。

大河が打たれたのだ。

さっと振り返ったときには、新太郎が小五郎の勝ちを認めていた。見物している者たちから、どよめくような感嘆の声が漏れた。

大河は唇を嚙《か》んで立ち位置に戻ると、竹刀を構えた。機先を制し、試合を有利に運ぼうと考えていたが、その作戦はもろくも崩された。

二本目は慎重になった。小五郎はさっきと同じ上段の構え。右前、左前と送り足を使って、また下がる。

わざと隙を見せ、大河の踏み込みを誘っているのだとわかった。

（こやつ）

大河は奥歯を噛んで、肩の力を抜くと同時に牽制《けんせい》の突きを送り込んだ。

案の定、小五郎が拝み打ちに竹刀を振ってきた。

刹那《せつな》、大河は勢いよく前に出て胴を抜いた。

ビシッと、鋭い音が響くと同時に大河は「りゃあー！」と気合いを発していた。

たしかな手応えがあり、胴抜き一本を返した。

三本目は小五郎も警戒して構えを中段に変えた。大河は竹刀の先端を使って、小五郎の竹刀を小刻みにたたいた。

カチャカチャという音がいくつか重なり、小五郎が突き、突き、突きと連続技を繰り出し、大河がかわして下がるところへ上段から面を打ちに来た。

大河は下からすくい上げるように小五郎の竹刀を打ち払った。

バチーン！

衝撃音とともに、小五郎が大きく後じさって驚き顔をした。竹刀が鍔《つば》元でへし折れていたのだ。そのことで見物をしている門弟たちがざわついた。

「待て」

新太郎が声をかけて、小五郎に新しい竹刀をわたし、再度試合がはじめられた。

大河は休まず前に出た。小五郎がその勢いに負けて下がる。大河は追い込んでいく。

たまりかねた小五郎が小手を狙って打ち込んできた。

大河は右に払い落として、喉元《のどもと》に突きを送った。

「ヤーッ！」

大河の気合いと同時に、小五郎は一間ほど後ろに飛ばされて倒れた。

新太郎が大河の勝ちを認めるまでもなく、見物の門弟たちから驚嘆の声がさざ波のように広がっていた。

「山本殿、最後の一本はじつにお見事であった。恐れ入った」

新太郎が感心顔を大河に向けた。

「いえ、一本取られました」

大河は最初の一本が許せなかった。

「それにしても、桂殿は油断のならぬ相手でございました」

「いやいや、山本殿の力がよくわかりました。拙者の精進の足りなさを恥じ入るばかりです。今日はご足労いただき、また立ち合いを受けていただきありがとう存じました」

桂小五郎はそう言って、大河に頭を下げた。

それは練兵館を出てすぐのことだった。道場の入り口そばで、薪束《まき》に座って煙草を喫《の》んでいる小柄な男がいた。紺木綿の小袖を端折《はしょ》り、股引《ももひき》にくたびれた草履を履いていた。

大河はちらりと見ただけでやり過ごしたのだが、その男が声をかけてきた。

「あんた」

大河は立ち止まって振り返った。男は三十過ぎに見えたが、よくよく見ればもっと若そうでもある。

「何であろうか？」

「やるね」

男はそう言ってにやりと笑うと、煙管《キセル》を片手に打ちつけて吸い殻を落とした。

「立ち合いを見ていたのか？」

「ああ、あんたやるよ」

また男はにやりと笑った。

使用人風情だが、剣術がわかるのだろうかと大河は訝《いぶか》った。

「おぬしの名は？」

「弥助《やすけ》です。あんた面白い」

こやつ人を小馬鹿にしているのかと思ったが、大河はそのまま歩き去った。それでも弥助の視線が背中に向けられているのがわかった。

大河はあとで知ることになるが、「練兵館の切り札」と呼ばれるほどの剣客、仏《ぶっ》生寺《しょうじ》弥助だったのである。

四

「さようか、二本は取ったが一本は取られたか。それでも勝ちは勝ちだ。斎藤歓之助につづいて、塾頭の桂小五郎を敗ったわけだ。これで練兵館に負けなしではないか。どうした浮かぬ顔をして」

夕刻、道場に戻って来た大河から報告を受けた重太郎は怪訝《けげん》な顔をした。

「一本負けています」

大河はうつむく。

「何を言うか。三番勝負で一番落としただけだ。勝ちは勝ちだ。もっと喜んだらどうだ」

「喜べません。わたしはまだ修行が足りません。そのことがよくわかりました」

大河はまっすぐ重太郎を見た。

「やはり廻国《かいこく》修行に出たいと思います。行かせていただけませんか」

重太郎は「ふうむ」とうなり、腕を組み短く視線を彷徨《さまよ》わせた。

落日の光が道場に斜めに射し込んでいた。

「大河、修行が足りぬと言うが、わたしはそうは思わぬ。そなたは人一倍の稽古《けいこ》熱心だ。人並み以上の鍛錬もしているし、技の研究にも余念がない。武者修行をしたからといって腕が上がるとは思わぬがな」

大河はさっと顔を上げて重太郎を見た。

「剣術は奥が深いです。そのことがよくわかりました。道三郎さんも江戸にはいくらでも強い相手がいると言います。たしかにそうかもしれません。ですが、いまのわたしはその強い相手と立ち合っても、負けることもあると思うのです。三本やって二本勝てば、たしかに勝ちでしょうが、わたしはそうは思わないのです。真の強者は、一本も取られない。そうではありませぬか」

「……ま、たしかにそうであろうが、勝負には波がある。勝てる相手に負けたり、格上の者に勝ったりすることもあるのだ。栄次郎とて負けることもある」

「いえ、栄次郎先生は負けた相手には、必ず借りを返されます」

「たしかに、そうかもしれぬが……」

「栄次郎先生が負けたのは、指南役で忙しいから、おのれの鍛錬不足だったからではありませんか。石山孫六殿との最初の試合はそうだったはずです。しかし、稽古を積んだあとでちゃんと打ち勝っていらっしゃる。それはそれで立派なことだと思います」

「大河、おぬしは何を望んでいるのだ？」

「一本も落とさぬ力をつけたいのです。百番やれば百番勝てる力をつけたいのです。それがわたしの目ざすところです。そのためには廻国をして、誰も知らない強い相手を探し、勝負をし、力をつけたいのです」

「江戸にいてはそれが叶《かな》わぬと申すか」

「叶いませぬ。江戸にいる剣術家の噂は自《おの》ずと流れてきて、わたしの知るところとなります。相手の弱みや癖、あるいはどんな技を使うかがわかってしまいます。知ればそれなりの心構えと、支度をします」

「それでよいではないか？」

大河はかぶりを振った。

「よくありません」

「兄上」

突然、清らかな声が道場に響いた。

二人は同時に声のほうを見た。佐那だった。

佐那はそのまま近づいてきた。

「大河殿がそうしたいとおっしゃるのなら、好きにさせてあげたらいかがです。わたしは大河殿の考えに異は唱えません」

「佐那……」

重太郎はあきれたような顔をして佐那を見た。

「兄上のおっしゃることもわかります。それに大河殿は師範代を務めておられる。その師範代がいなくなれば、若い門弟の指南がおろそかになりかねないというのもわかります。されど、大河殿はまだ若い。これからもっともっと伸びる年頃だと思うのです。剣術は伸ばせるときに伸ばしたほうがよいのではないでしょうか」

「もっともです」

大河は呼応した。

「うむ」

　重太郎はほどいた手をまた組み直して思案した。

　道場はしんしんと冷えている。大河の足裏は冷たくなっていた。それは重太郎も同じだろうが、沈思黙考したまましばらく口を開かなかった。

「それほどまで武者修行をやりたいと申すか」

　重太郎が腕をほどいて大河を見た。

「お願いできませぬか」

「ならばひとつ約束をしてくれ」

　大河は黙って重太郎を見つめた。

「父上は鳥取藩邸での指南に忙しい。わたしもときおり駆り出されてもいる。それに道場のこともいろいろ考えなければならぬ」

　重太郎は当主の定吉の代行をしている。当然、道場経営を考えなければならない。そのことは大河も理解している。

「今年いっぱいはわたしの助《すけ》をしてくれぬか。修行の旅に出るのは年が明けてからにしてくれれば、わたしも向後のことに手を打てる」

「承知しました」

大河は頭を下げた。

五

それから数日後のことだった。

江戸が地震に襲われ、市民は大いに慌てた。だが、地震の大きさの割りには被害は驚くほどのことではなかった。もっとも浅草一帯が大火になり、武家屋敷や長屋の倒壊、あるいは船の転覆もありはしたが、被害は最小限に食い止められた。

この地震の影響をもっとも受けたのは、沼津《ぬまづ》から伊勢《いせ》湾岸沿い、あるいは箱根《はこね》から見附宿《みつけしゆく》までの東海道筋で、軒並み家屋が倒壊し火災が発生していた。沼津城は大破損し、三《み》島《しま》宿の家屋はすべてが焼失するか潰《つぶ》れていた。また駿府《すんぷ》城も甚大な被害を受け、城下の武家屋敷や町は壊滅状態になっていた。下田に停泊していたロシアのディアナ号は津波によって大破し、幕府との交渉の場になっていた福泉寺《ふくせんじ》も被災した。

この震災や黒船来航により十一月二十七日、元号が安政に変わった。新元号の改変は直ちに幕府から全国に通達された。

その翌月の二十一日、日露和親条約が調印され、開府以来つづけられてきた鎖国制度はついに消失したと言ってよかった。

だが、大河の暮らしは以前と何ら変わることがなかった。道場で師範代を務め、自己鍛錬に励み、暇があると来年の武者修行の旅をどう進めるか計画を練った。

世の中がどう動こうが、周囲にどんな変化があろうが、大河はおのれの道を進むだけだ。そんな大河を、親しい者や教えを受ける門弟たちだけでなく、重太郎にさえ、

「剣術馬鹿としか言いようがない」

と、あきれさせていた。

武者修行には金がいる。その路銀稼ぎのために師範代はつづけなければならない。それまでいくらかの蓄えもあったが、金はないより余裕のあるほうがよい。大河はそのあたりのことを考え、武者修行出立を翌年の二月と決めていた。

「それでお帰りはいつ頃でしょうか？」

大河の長屋に遊びに来た吉田屋の徳次が、大河をのぞくように見る。

「おそらく一年ほどであろうか」

「一年……長い旅になるのですね。できればわたしも連れて行ってもらいたいので

すが、無理でしょうね」

大河は徳次のふっくらした丸顔を見て小さく笑んだ。

「遊山旅に出るのではない。おそらく修行は厳しいものになるだろう。どんなことが起きるかわからぬし、またそれも楽しみでもある」

「それでどのあたりをまわられるのです？」

「よくぞ聞いてくれた。じつはな、いろいろ調べて考えていることがあるのだ」

「へえ、どんなことで……」

徳次は膝《ひざ》をすって近寄ってくる。

大河は思案した末に書き付けた半紙を取り出して見せた。

それには大雑把な地図が描かれていた。徳次は目をしばたたき、いったいどこの国ですかと問う。

「ここが下野、ここが上野、そしてここが武蔵《むさし》だ。江戸はここになる」

大河は指を差して教える。徳次はきょとんとしている。

「あの、黒い○はなんでしょう？」

「道場のある場所だ。ここ下野には扶《ふ》桑《そう》無《む》念《ねん》流の道場がある。宗家はいまは亡き秋《あき》山要助《やまようすけ》という剣客だ。その弟子に名は上げていなくても強い者がいるはずだ」

「扶桑無念流……どんな流派なのでしょう？」

「秋山殿は天然理心流と神道無念《しんとうむねん》流を会得された方らしい。だから二つの流派のよいところを取り入れ、自らの流派を立ち上げられたのだろう。そう推量するしかない」

「どうやってそんなことを調べられたのです？」

「いろいろと人の話を聞いたのだ」

その多くが道三郎のつてによるものだった。道三郎は大河の武者修行を延期するように説得したが、大河が頑として折れないので、

「ならば、必ず道場に戻ってくると約束をしてくれ」

と言って、協力するようになった。

「それでこの黒丸は……」

徳次は地図を指さす。

「念《ねん》流の道場だ。三代目か四代目かわからぬが本間《ほんま》仙五郎《せんごろう》という道場主がいると言うが、周作大先生はこの道場でひと暴れされたことがあるらしい」

「大先生が……へえ」

「大先生と立ち合った人がいるかどうか知らぬが、立ち寄りたい場所だ」

大河は川越にある大川平兵衛《おおかわへいべえ》の道場も考えていた。子供の頃、入門を願い断られた道場である。そのときの悔しさはいまでも忘れることがない。

上野と下野にある道場は、そのほとんどが神道無念流と馬庭《まにわ》念流の道場だった。

「これらの国を廻《めぐ》ったあとは、京《きょう》へ上りさらに西国を目ざすつもりだ」

「西国まで行かれるのですか」

徳次は目をまるくして大河を眺める。

「西国には名のある強い剣術家がいると聞いている。松崎浪四郎、大石進という剣術家だ。その門弟にも練達者が揃《そろ》っていると言うから見逃すことはできぬ。是非とも手合わせ願うつもりだ」

「山本さんは、ますます強くなって戻ってこられるのですね」

「そのための武者修行だ」

大河が胸を張って言うと、徳次は肩を落として深いため息をついた。

「いかがした」

「はい、わたしは山本さんが羨《うらや》ましいです。いくら稽古《けいこ》をしても強くなれません。その才がないのだとつくづく思います」

「筋は悪くないのだ。励み方次第であろう」

大河はそう言うが気休めであった。

徳次の上達は遅い。いや、ほとんど上達していないと言ったほうがよいだろう。教わっても呑《の》み込みが悪く、動きが鈍いのだ。

「だからといってやめるつもりはありませんが、この頃学問をはじめました」

「学問……」

「はい、お玉ヶ池の道場の隣にある東条《とうじょう》先生の塾です」

「その塾のことは聞いたことがある」

大河はまったく興味がない。

徳次が言うのは、儒学者の東条一堂《いちどう》が開いた瑤池《ようち》塾だった。

「学問は面白いか？」

「いろんな方が見えます。わたしの知らないことを教えてもらえますのでためになります」

「それは何よりだ。いずれは学者にでもなるか」

大河は冗談ぽく言って笑った。

だが、徳次は至極真面目な顔でこう言った。

「これからの世の中は変わらなければならないそうです。西洋のことをよく知り、西洋に負けぬ国作りが何より大事だと言います。敵に勝つためには敵のことをよく知ることだと。なかには刀に頼る時代は終わったとおっしゃる方もいます」

「なに」

大河はぐいっと眉《まゆ》を吊《つ》り上げた。

「わたしが言ったのではありません。大砲をいくつも備えた黒船を見た人がおっしゃるんです」

それならおれも見ていると言おうとしたが、大河は言葉を呑んだ。たしかに黒船には刀では対抗できないだろう。

しかし、刀に頼る時代が終わるとは思いたくなかった。

その年の暮れ、江戸に大雪が降り、江戸城も市中の町屋も白一色に覆われた。そんななか玄武館恒例の大試合が行われた。

大河は昨年、頂点を極めそうになったが、そうはならなかった。今年こそはと気持ちを奮い立たせて試合に臨んだが、なんとまたもや最後の最後に、お玉ヶ池道場の水戸藩士小泉直三郎に敗れてしまった。

大河は泣きたいほど悔しがったが、

「小泉は試合巧者だ。嘆くことはない。力ではおぬしが勝っていた」

と、道三郎が慰めてくれたが、負けは負けである。

その屈辱と悔しさが尾を引き、大河はしばらく道場を休んだ。しかし、時間がその気持ちを癒やし、大河はもう一度一からやり直すつもりで稽古に打ち込むと開き直った。

それも来る年の武者修行に備えての実戦的な稽古を積み重ねた。

年が明けると寒さがゆるみ、梅の蕾《つぼみ》が開きはじめた。

六

安政二年（一八五五）二月一日――。

大河は江戸を出立した。

まず目指すのは下野国である。江戸を発《た》つときから大河の胸は高揚していたが、千住《せんじゅ》を過ぎて野山が広がってくると、さらに気持ちが高ぶった。

それはこれまでの束縛から解き放たれたせいだったかもしれない。事実、大河は野山の緑を眺め、鳥や足許《あしもと》の小さな花を見るだけで本来の自分に返った気がした。

江戸では行儀作法を習い、言葉遣いをあらためた。そして、玄武館に入ってからは鍛錬とともに、道場の掟《おきて》を破ってはならないという自分への戒めがあった。

それがいまはおのれだけの判断でやっていかなければならない。少なくとも江戸に戻るまでは、すべての差配は自分でやるしかないのだ。これから先どんな艱難辛《かんなんしん》苦《く》が待ち受けていようと、そのときが来るのを楽しみにしている自分がいた。

「うおー！」

大河は往還を歩きながら大声を上げた。

腰に大小、手には袋に入れた竹刀と木刀。あとは振分荷物だけである。気持ちが軽くなっている分、足取りも軽かった。

その日、越《こし》ヶ谷宿《がやじゅく》に入り宿を取った。すでに日が暮れはじめており、空には夕日の帯が走り、夕靄《ゆうもや》の漂う野山はかすみはじめていた。

宿中にある旅籠《はたご》で草鞋《わらじ》を脱いだ大河は、二階の部屋をあてがわれた。宿場通りは二十町もないだろうが、田舎にしてはなかなかの町並みである。もっとも江戸とは比べようもないが、大河はこういう鄙《ひな》びたような風情のある町に、郷愁を覚えもする。

「大きなお侍様ですね」

茶を運んできた女中が大河を見て開口一番に言った。

「さようか」

「ええ、それに若いですね。おいくつでいらっしゃるかしら」

女中は三十年増《としま》だろうが、妙に色っぽいしなを作り濡《ぬ》れたような眼差《まなざ》しを向けてくる。

「二十一だ」

「やっぱり若いですわ。江戸から見えたのでしょうか？」

「さようだ」

いろいろ聞く女中だと思いながら大河は茶に口をつけた。

「それでどちらまでお見えになるのかしら？」

「宇都宮《うつのみや》だ。おれは武者修行の旅をはじめたのだ。今日がその最初の日だ」

「あら、すると剣術をなさっているのですね。わたしも若い頃は江戸にいたことがあるんですよ」

「おしゃべりが好きなようだな。仕事はよいのか。いまは忙しい時分ではないか」

追い払おうとしても、女中は媚《こ》びるような笑みを浮かべて、

「構いませんのよ。それでご酒でもお持ちしましょうか」

と、見つめてくる。

「頼もう。肴《さかな》は適当に見繕ってもらえばよい」

女中はにんまり笑って客間を出て行った。

（おかしな女中だ）

大河は苦笑いをして茶を飲み、また窓辺に寄って暗くなった往還を眺めた。

もう人通りは絶えようとしているが、客を引く旅籠の留女《とめおんな》たちの声がかしましい。旅の行商人を見ると、我先に駆け寄っては袖《そで》を引き、「お泊まりはこちらで」と言って半ば強引に誘っている。嫌がる者もいれば、顔をにたつかせて留女に従う者もいる。

（あ……）

大河は心中で声を漏らした。

留女の多くが飯盛女だというのに気づいたのだ。

するとさっきの女中も飯盛女で、ここは飯盛宿なのかと部屋のなかを見まわした。

すると廊下に足音がして、さっきの女中が酒肴《しゅこう》を運んできた。

「お待たせいたしました」

やはり色目を使って見てくる。

にじり寄ってきては酌をしてもくれる。悪い気はしないが、売春婦ではないかと女中をあらためて見た。

「名は何と申す？」

「栄《えい》と言います」

「お栄か……」

「お発ちはいつ？」

「明日だ」

「あら残念。では今夜だけでもゆっくり旅の疲れを癒やしてくださいな。お腰でもお肩でもお揉《も》みいたしますわ」

そんなやり取りをしながら、お栄はすぐに酒をつぎ足す。大河は強いので、すぐに徳利《とっくり》が空いてしまう。お栄はさらに追加の酒を持ってきて酌をしてくれる。

気持ちが自由になっているだけに、大河の胸の内に悪戯《いたずら》心がわいた。剣術一辺倒で生きてきただけに女は知らない。だが、艶《なま》めかしい話は何度も耳にしているし、興味がないわけではない。

男として生まれた以上、女も知らずに生きるのは恥ずかしいことだと言われたこともある。

大河はほろ酔いになると、お栄をじっくりと眺めた。酌をしてくれるお栄は、互いの膝《ひざ》がくっつくほど詰めてきていた。実際、膝と膝が触れ合ってもいた。

年は三十路《みそじ》を越えたか越えていないかだろう。器量は並である。小柄だが肉付きはよい。

「伽《とぎ》をしてくれるか？」

大河は言葉にしたとたん、かあっと顔を熱くした。酒を飲んでいるので悟られはしなかったが、お栄はすました顔で、

「お望みなら……」

と、大河の膝に片手をのせ、ついで左手をつかんだ。

七

「そんなに急がないで……あ……」

お栄は急ぐなもっとゆっくりと、組み敷かれたまま頭を振るが、大河はまっしぐらに突き進むだけだ。股間《こかん》の火照りはいまや頂点に達しようとしている。下腹部にいままで感じたことのない疼《うず》きがあった。

（こ、これは何だ……何という……）

大河は両手で体を支え、背中を反った。何かが迸《ほとばし》った。

「あッ……」

我知らず声を漏らしていた。

お栄が大河の腰に両手をまわしたまま、目をつむっている。小柄だが肉置きがよく、仰向《あおむ》けになっていても大きくて張りのある乳房は形を崩していなかった。

大河はふうとため息をついて横になった。お栄がすぐにぶ厚い胸に顔を預けてきた。人差し指で、大河の顎《あご》をゆっくり撫《な》で、唇をなぞり、鼻の頭をちょんと突いた。

「お侍、若いのね。ひょっとして……」

「何だ？」

「初めてだったかしら」

お栄はそう言って「うふっ」と、小さく笑い、

「だったら嬉《うれ》しいわ」

と、大河の頬に自分の頬をくっつけた。

しばらくそのまま二人は黙り込んだ。枕許《まくらもと》の行灯《あんどん》のあかりが逞《たくま》しい大河の体と、お栄の白い肌を染めていた。階下から人の声が聞こえてくる。酔った客と女中のやり取りだったが、すぐに聞こえなくなった。

旅籠《はたご》は静かだ。大河とお栄の乱れていた息遣いがおさまってきた。大河はカッと目を見開いたまま天井を見つめていた。いまだに股間が熱い。これまで味わったことのない快感の余韻があった。

「宇都宮に行くんでしょう。何をしに行かれるの？」

お栄が覆い被《かぶ》さるように上になって聞いてきた。その物憂い顔と柔肌が大河の欲望を刺激する。また股間が疼いてきた。

「おれは武者修行の旅をはじめたのだ。宇都宮には名のある道場がある。そこへ行くのだ」

「武者修行……」

お栄は目をしばたたいた。

「熊谷《くまがや》に強い人がいるわ」

大河はまじまじとお栄を見つめた。

「稲村《いなむら》勘次《かんじ》郎《ろう》という人。十人が束になってかかっても負けないという道場主よ」

「なぜ知っている？」

「この旅籠に泊まったことがあるのです。お弟子を連れて江戸からの帰りでした。そのお弟子たちが、稲村様のことをさんざん持ち上げていたの。でも、ケチな人なの」

お栄はそう言って、鼻にしわを作った。いい思いをしていないのだろう。

「その稲村殿はほんとうに強いのか？」

「お弟子が言うんだから間違いないでしょう」

大河はお栄から天井に視線を移した。相手は強ければ誰でもよい。十人が束になってもかなわないと言うのなら、それだけの力量があるはずだ。

大河は興味を示した。宇都宮に行くのも熊谷に行くのも同じである。はっきりとわかっている相手がいるなら、まずはそちらにあたるべきではないか。それに急ぐ旅ではない。

「熊谷は中山道《なかせんどう》の宿であるな」

「まさか熊谷に……」

大河はうむとうなずくと、再びお栄を組み敷いた。

お栄は「きゃっ」と、小さな悲鳴を上げたが嬉しそうに笑んでいた。

翌朝、大河は街道を西へそれ、中山道を目指した。野路を辿《たど》りながら昨夜のことに思いをめぐらした。

飯盛女と言うが、お栄はよき女であったと、我知らず笑みがこぼれる。内心、この女を旅に連れて行こうかと迷いが生じもした。もっともそれは頭の隅を掠《かす》めただけで、すぐにかぶりを振って否定したが、歩きながらも脳裏にお栄の白い柔肌が浮かんできた。

（女があれほどよいとは思わなかった。もっと早く知るべきだった）

と、内心でつぶやきながら苦笑を漏らした。

しかし、浦和《うらわ》宿に着く頃には、お栄のことは頭から離れていた。

熊谷宿の稲村勘次郎――。

いかほどの者かわからないが、弟子を連れ歩き、またその弟子たちに、十人が束になってかかってもかなわないと言わしめている。

もし、稲村が江戸に住んでいる剣術家ならその噂を聞いているはずだ。しかし、稲村は在方の剣客。江戸までその名は届いていない。だが、楽しみである。

大河はその日、上尾《あげお》宿まで足を運び一泊して、翌朝早く旅籠を出立した。

その出立間際に、旅籠の番頭に稲村勘次郎のことを聞いてみると、

「あの方は上州《じょうしゅう》で名を上げられた秋山要助様のお弟子だと聞いています」

と、答えた。

中山道筋では名が通っているようだ。大河はいまは亡き秋山要助の名を聞き知っている。その弟子なら本物であろうとあらためて思った。

上尾宿を出て熊谷宿についた頃には、日が暮れかかっていた。道場の場所をたしかめておきたかったが、崩れそうな空模様を見て、先に宿を取り体を休めることにした。

草鞋《わらじ》を脱いだ岡村《おかむら》屋という小さな旅籠の番頭も、稲村勘次郎を知っていた。

「雲嶺《うんれい》館の稲村様は名の高い剣術家です。松平《まつだいら》の殿様のご家来もたくさん通っていらっしゃいます」

松平の殿様というのは、忍藩第三代当主松平忠国《ただくに》のことだ。熊谷は忍領であるし、城下からも一里半ほどらしい。

雲嶺館に通う門弟の数を知っているかと番頭に問いを重ねると、二、三百人はいるのではないかと、こちらは曖昧《あいまい》であった。

とにかくこのあたりでは高名な剣術家だというのがはっきりした。

その夜は湯に浸かり、明日のために旅の疲れを癒やし、早く床に就いた。

翌朝、鳥のさえずりを聞いて目を覚ますと、早速朝餉《あさげ》を取り、稲村勘次郎の道場へ足を向けた。

相手の噂は聞いているが、その他のことはわからない。しかし、名のある剣術家だというのはたしかだ。

宿場を離れて北へ進み、それから西へ向かった。野山のあちらこちらから、姿を見せない鶯《うぐいす》の声が聞こえてくる。小川から立ちのぼる白い蒸気が朝の光に浮かんでいる。

雲嶺館はほどなく見つけることができた。ゆるい坂道の上にある茅葺《かやぶき》屋根の一軒家で、近くにある百姓屋となんら変わらなかった。短い階段を上ると、木戸門に雲嶺館と書かれた門札があった。

これから武者修行最初の相手に会えると思うと、胸が高鳴った。

「頼もう！　お頼み申す！」

第七章　熊谷宿

一

声を張ってもしばらく返答がないので、もう一度声をかけた。すると下駄《げた》音がして、人の近づいてくる気配があった。

「どなた様でしょう？」

声と同時に引き戸が開けられ、初老の小柄な男があらわれた。

「朝早くから相すまぬ。拙者は江戸の玄武館道場の山本大河と申す者。こちらは稲村勘次郎殿の雲嶺館であるな」

「いかにもさようです」

男は使用人のようだ。素足の草履履きだし、木綿の着物はくたびれ色があせている。

「拙者は武者修行の旅をしている。是非とも当主の稲村殿と立ち合わせていただきたい。その旨取り次いでもらいたい」

初老の男は目をしばたたいた。

「ご在宅ではないのか？」

「いえ、しばしお待ちくださいまし」

初老の男はそのまま引き返していった。

大河は屋敷内を眺めた。門から正面の玄関まで短い飛び石があり、両側は庭になっていた。夜露に濡《ぬ》れた庭木が日の光を照り返していた。屋敷内はいたって静かだ。

しばらくして正面の玄関の戸が開き、若い男があらわれた。

大河をにらむように見ると、

「当家の門弟、瀬戸《せと》口新左《ぐちしんざ》と申します。玄武館の方だとお聞きしましたが……」

大河は瀬戸口と名乗った相手に近づいた。

「山本大河と申す。稲村殿の評判を聞き罷《まか》り越した。是非とも立ち合いを願いたい」

「取り次ぎはしますが、すぐにというわけにはいかないと思います」

「承知している。いかがすればよかろうか？」

「山本様の居所がわかれば、のちほど使いの者を差し向けましょう」

大河は旅籠《はたご》を払ってきたが、また戻ればよいと考えた。

「ならば宿場に岡村屋という旅籠がある。そこで返答を待つことにいたす」

「承知いたしました」

瀬戸口は戸を閉めた。

大河はふっと息を吐き、庭を眺めてから引き返した。すぐに立ち合えるとは端《はな》から考えていなかったので、気を取り直して宿場へ足を向けた。

「山本大河……」

稲村勘次郎は知らせに来た瀬戸口を見た。

「玄武館の門弟のようです」

「どんな男だ？」

「まだ若《わこ》うございました。二十歳そこそこに見えました。体の大きな男です」

「……ふむ」

勘次郎は火鉢の炭をいじった。パチッと炭が爆《は》ぜ、小さな火の粉が散った。

「武者修行の者がわしに立ち合いを望むとは面白い。だが、いかほどの腕があるのかわからぬ。まずはうちの門弟と立ち合ってもらうか」

「受けられるのですね？」

勘次郎は剃《そ》り立ての顎《あご》をつるりと撫《な》で、あかるい日の光を受けている真っ白い障子を眺めた。玄武館と言えば、北辰一刀流の千葉周作の道場。その名はよく知っているし、いまは亡き師の秋山要助からも話を聞いていた。

「よし、受けるとしよう。ただし、今日ではない。二日後の午後、当道場に来てもらえるなら相手をいたそう」

「約束の刻限はいかがされます？」

内弟子となって長い瀬戸口は細かなことによく気が利く。

「昼八つ（午後二時）でよいだろう」

「では、さようにお伝えしてよいのですね」

勘次郎は顎を引いてうなずき、

「それまでに腕の立つ弟子にも話をして集めることにいたそう」

と、言葉を足した。

瀬戸口が心得顔で座敷を出て行くと、勘次郎は立ち上がって障子を開けた。咲きほころんでいる梅の蜜《みつ》を吸いに来ている目白たちが、嬉《うれ》しそうにさえずっている。

（玄武館千葉道場の門弟が、このわしに……）

勘次郎は一人ほくそ笑んだ。

どんな相手が来ようと、一撃のもとに撥《は》ね返し、鼻をへし折ってやるという強い気概が、腹の底からわいてくるようだった。

それは、二十歳のときだった。当時、勘次郎は秋山要助を見くびっていた。上州や武蔵方面で剣名の高い秋山だったが、すでに老境に達しており、自分の相手ではないと思っていた。

十番勝負を望み、勝てば弟子入りをやめ、川越の大川平兵衛道場へ行こうと考えていた。だが、いとも容易《たやす》くあしらわれた。打ち込む間際に小手を打たれ、突きをかわされ面を打たれた。がむしゃらに向かっていったが、一本も取れなかった。

自分の力量に自惚《うぬぼ》れていた勘次郎は、それまでになかった屈辱を味わったが、負けた悔しさより、世の中にはこんなに強い人がいるのだと知り、そのことに衝撃を受けた。井の中の蛙《かわず》だったと思い知らされたのだ。

以来、秋山要助を師と仰ぎ、その技を習熟し、子のなかった秋山の跡を継ぐべく鍛錬に鍛練を重ね、上州・武蔵一帯で名を広めてきた。弟子も集まり、忍藩松平家の剣術指南役にも取り立てられた。

齢《よわい》四十五になった勘次郎は、いまがおのれの人生の盛りだと思っている。

（そのわしに……）

勘次郎ははじめて秋山要助と立ち合って無様な負けを喫したときと同じような屈辱を、山本大河という男に味わわせてやろうと考えた。

「これは面白いことになりそうだわい」

縁側に立っていた勘次郎は、よく晴れわたった空を見て口の端に笑みを浮かべた。

二

大河は熊谷宿に戻ると、払ったばかりの旅籠岡村屋に再び行き、

「しばらくここに留《とど》まることにする」

と、甚兵衛《じんべえ》という番頭に言った。

「何日でも結構でございます。では、お部屋はいかがいたしましょうか？」

「同じ部屋が空いていればありがたい」

「へえ、空いております。では、そのままお使いくださいませ」

甚兵衛は相好を崩し、大河の振分荷物を受け取って再び二階の客間に案内してくれた。

「番頭、稲村勘次郎殿に会ったことはあるか？」

大河は客間に落ち着くなり問うた。

「度々お見かけはしますが、話したことはありません。体の大きな方です。いつも黒い召し物で歩かれています」

「年はいかほどだろうか？」

「五十にはまだ届いていらっしゃらないはずです。おそらく四十半ばではないでしょうか」

「四十半ばか……」

「もしや稲村様のお弟子になられるおつもりですか？」

大河は小さく鼻で笑って答えた。

「おれは稲村殿と勝負するのだ」

「へっ、稲村様と……」

甚兵衛は目をまるくした。

「斬り合うのではない。立ち合いをするのだ。だからさっき道場へ行き、申し入れてきたのだ。返事はもらえなかったが、いずれ使いの者がこの宿に来るはずだ」

「さようなことでございましたか」

「おれは武者修行をはじめたばかりで、その最初の相手が稲村勘次郎殿だ。聞けばなかなか名の通った方のようなので、相手に不足はなかろう」

「すると山本様は腕に自信がおありなのですね。このあたりでは稲村様の剣名は高く、右に出る者はいないと言われている方ですから……」

「弱い者と立ち合うために修行の旅をするのではない。いずれ使いの者が来るはずだ。おれは横になってのんびり待つことにする」

「茶をお運びしましょうか？」

大河が頼むと答えると、甚兵衛は下がっていった。

雲嶺館からの使いが来たのは、それから一刻《とき》ほどたったときだった。そのことを告げられた大河は、旅籠《はたご》の戸口で待っている使いの者に会った。

使いに来たのは、雲嶺館で会った初老の男だった。どうやら下僕のようだ。

「旦那《だんな》様からの言付けでございます。山本様の申し入れをお受けになりますが、明後日《あさって》の八つに道場へ来ていただきたいとのことです」

「明後日の八つであるな」

「はい」

「畏《かしこ》まった」

大河は申し入れがかなったことに気をよくして客間に戻ると、さて明後日までどう過ごそうかと考えた。

稽古《けいこ》相手はいないから、自己鍛錬しかない。ならば素振りと型稽古でもしておこうと思い、木刀を持って宿場裏にある空き地へ行き汗を流した。

稲村勘次郎との試合は楽しみであるが、もうひとつ気になることがあった。旅籠には越ヶ谷宿にいたような飯盛りがいない。女中は茶や酒を運んでくるが、素っ気ないし、媚《こ》びも売ってこない。

もし、秋波を送ってくる飯盛りがいれば、ひそかに話をつけようと思っていたのだが、どうやら期待外れのようだ。それとも岡村屋にはいないが、他の旅籠にはいるのかもしれない。

かといって、そのことをあからさまに訊《たず》ねるわけにもいかない。

越ヶ谷宿で一夜を共にしたお栄の顔が、木刀を振っていてもちらつく。

（おれは女に目覚めてしまったようだ）

エイ、ヤッと、木刀を振りながらそんな雑念が頭に浮かんでは消える。

そうだ、稲村勘次郎に勝ったなら、その祝いに飯盛女を買おう。そう決めると、ますます稲村との立ち合いが待ち遠しくなった。

その夜、大河は番頭の甚兵衛を客間に呼んで、

「この旅籠には、そのぉ……女はおらぬのか？」

と、内心の恥ずかしさを押し殺して聞いた。

「女……」

甚兵衛は短く考えてから、にんまりと笑い、

「ひょっとすると飯盛りのことでしょうか……」

と、声をひそめて大河を見る。

「ま、そういうことである」

「山本様、残念ですがこの宿場は忍藩松平様の領地で、お殿様からきつい達しが出ていまして、どこの宿も飯盛りを置いてはならない掟《おきて》があるんです」

「そうであったか」

「お望みでしたら、隣の深谷《ふかや》宿に行けば用立てることができます」

「そう気にすることはない。後学のために聞いたまでだ、忘れてくれ」

大河はそう言っておきながら、稲村勘次郎との試合が終わったら深谷宿へ行って

みようかと思った。

女を知った若い大河の肉体と精神は、快楽への欲望を抑えきれないでいた。

しかし、稲村勘次郎との立ち合いを考え、邪《よこしま》な気持ちは捨てるべきだとおのれに言い聞かせた。

そして、試合当日となった。

大河は宿場内にあるうどん屋で軽く腹拵《はらごしら》えをして雲嶺館に向かった。空はどんより曇っており、いまにも雨が降りそうな気配があったが、大河の気持ちは高揚していた。

三

雲嶺館道場には稲村勘次郎が声をかけた高弟五人が集まっていた。いずれも折紙付きの弟子で、練度が高い。

廻国《かいこく》修行中の男がこの道場にやってくると話したとき、五人は同じように興味を示し、どんな剣術家なのだと問うた。

「玄武館千葉道場の山本大河という者だ。わしに立ち合いを挑むほどだから、それなりの腕があるのだろう」

勘次郎がそう言うと、五人は目の色を変えた。

「是非ともわたしにも立ち合わせてください」

「千葉周作一門の玄武館なら相手に不足はありません。是非とも拙者にも……」

二人の弟子がそう言えば、他の三人も自分も相手をしたいと、目を輝かせた。

勘次郎は五人の心の内を読んでいたので、莞爾《かんじ》と笑って答えた。

「そのほうらが所望するなら、山本大河なる男が来たら早速話をしてみようではないか。廻国修行中の者だ。おそらく断りはしまい」

五人の高弟は餌に飢えた獣のように目を光らせて口辺に笑みを浮かべた。

道場にはその五人の他に、十五人ほどの門弟も控えていた。こちらは見物であるが、いまから珍客がやってくることにざわめいていた。

「見えました、見えました」

下僕の伊八《いはち》が玄関に走り込んできて、道場にいる勘次郎らに告げた。

勘次郎は見所中央にでんと腰を据えて、山本大河の登場を待った。内弟子の瀬戸口新左が立ち上がって、山本大河を迎えるために道場玄関に進み出ると、五人の高弟らは畏まった顔で威儀を正し、玄関に目を注いだ。

待つほどもなく大きな男が玄関に入ってきた。道場正面に座っている勘次郎を見ると、会釈をしてから道場内を嘗《な》めるように眺めた。

「お待ちしていました」

瀬戸口が声をかけると、山本はまっすぐ勘次郎を見てきた。背も高く、肩幅も広い。野袴《のばかま》に打《ぶ》っ裂《さ》き羽織。炯々《けいけい》とした目は鷹《たか》のように鋭い。若いわりには落ち着きを感じさせるが、野性的な空気を纏《まと》っていた。

「山本大河でございまする。立ち合いの申し入れをお聞きいただきありがとう存じます。道場のご当主稲村勘次郎様でございますね」

山本はおのれを名乗って、射るような視線を向けてきた。

「いかにも。どうぞお上がりくだされ」

大河は勘次郎にうながされて道場に上がった。そのまま下座について、壁際と縁側に控えている門弟らを眺めた。

二十人ほどの男たちがいるが、見所に近いところにいる五人は無言の圧力をかけるように目をらんらんと光らせ、口を真一文字に引き結び、ぴんと背筋を伸ばし胸を張っていた。

「山本殿、修行の旅だと伺っているが、旅に出られていかほどであろうか？」

勘次郎が聞いてくる。

黒羽織と黒袴で身を包んでいるが、筋骨《きんこつ》逞《たくま》しいというのがわかった。尖《とが》った鷲鼻《わしばな》を持つその顔は肉付きがよく褐色に焼けていた。

「江戸を発《た》ってまだ数日です。よって武者修行に出て最初の立ち合いが、今日ということになります」

控えている門弟たちが小さくざわめいた。

「それはまた恐縮な」

勘次郎はにこりともせずに言葉をついだ。

「わたしの師は秋山要助というが、名は聞こえているであろうか？」

「聞いたことはありますが、よくは存じあげていません」

「無理もない。先生が亡くなられて二十数年の月日が過ぎているからな。その先生の生誕の地はここである。わたしはその遺志を継ぎ、この地に道場を開いた。他流試合を申し込まれるのはそなたの勝手であるが、身ひとつで敵地に乗り込んできたのも同然。覚悟はできているのであろうな」

「それはわたしを打ち負かすということでございましょうか」

大河は勘次郎を鋭く見返した。

「無論、勝ちを譲る気はない」

勘次郎ははっきり言った。大河は表情を引き締め、「面白い」と、内心でつぶやいた。同時に武者震いをしそうになった。

「だが、そなたの腕のほうがわからぬ。まずはわたしの弟子たちと立ち合ってもらいたいが請けてもらえるかな」

大河に断る理由はない。

「喜んでお請けいたします」

「ならば早速はじめよう」

勘次郎はそう言うと、見所近くに座っている五人の男たちを見、

「小松《こまつ》、まずはそなたが相手をしなさい」

と、指名した。

短く返事をした小松が、即座に立ち上がって前に出てきた。小柄な男である。

大河は羽織を脱ぎ、襷《たすき》を掛けた。それから道場を見まわし、

「道具（防具）をお貸しいただけますか」

と、請うた。

「道具なしで十分でござろう。それとも道具をつけなければ心配であろうか」

小松は不遜《ふそん》なことを言った。大河はキッとした目で見返すと、

「怪我をしますよ」

と、警告した。

「さあ、それはどっちであろうか」

小松は言葉を返し、口の端に余裕の笑みを浮かべた。

大河はギンと目を光らせると、無言のまま自分の竹刀を袋から出して立ち上がり、見所の勘次郎に一礼をして小松と対峙《たいじ》した。

相手が蹲踞《そんきょ》しないので作法抜きだと察し、大河は左手に持った竹刀を前にまわして中段に構えた。小松も遅れて竹刀を構えた。同じ中段である。

「はじめ」

勘次郎が静かに試合開始の合図をした。

「きえーッ！」

小松は気合い一閃《いっせん》、そのまま打ちかかってきた。面、面と二度打ちにきたが、大河に軽くいなされると、一気に後じさり、すぐにまた面を打ちに来た。

「いやーッ！」

小松の気合いはよかったが、同時にビシッと鋭い音が道場内にひびいた。直後、小松は何も言わずに卒倒して動かなくなった。

大河は出端技《でばなわざ》を使って面を打ち返していたのだ。

見物をしていた者たちが一斉に尻《しり》を浮かして驚いた。

「道具をつけなければこのようになります。だから言ったのです」

大河は門弟らを眺め、小松のそばに行ってしゃがむと、気を入れてやった。意識を取り戻した小松は、何が起こったのかわからないといった呆《ほう》けたような顔をしていた。

「もう一人、荒巻又兵衛《あらまきまたべえ》」

勘次郎に名指しされた男が立ち上がった。

小松は小兵であったが、荒巻は中肉中背の男だった。吊《つ》り上がった狐目をらんらんと光らせて、突きを送り込んできたが、大河はそれより一瞬速く相手の胸に突きを見舞った。

「とおッ」

大河が短い気合いを発したと同時に、荒巻は後ろへのけぞるように縁側に倒れ、そのまま伸びて口から泡を吹き出していた。

「だから道具がいると申しているのです」

大河は勘次郎に体を向けて言った。

「うむっ……。よし、道具を用意しろ」

四

稲村勘次郎は久々に闘志を燃やした。愛弟子《まなでし》二人をいともあっさり負かされては、じっとしておれなくなった。しかも、その二人はただの一撃で伸びたのだ。

高弟は三人残っていたが、ここはおのれが出るしかないと、胴・面・籠手《こて》をつけた勘次郎は臍下《せいか》に力を込めて立ち上がった。

道場中央に進み出ると、山本も道具をつけ終わって立ち上がった。

互いに一礼をしただけで、竹刀を前に出した。

勘次郎は中段からすぐに右横へ竹刀を移す。

山本は巨岩のように立ち、竹刀の先を小刻みに動かしている。

（鶺鴒《せきれい》の構えか……騙《だま》されぬぞ）

勘次郎は目に力を入れ、奥歯を噛《か》む。横につけた竹刀をぶらぶらと動かす。一見隙だらけに見えるだろうが、すり上げたり横面を打ちにいったり、あるいは落とし斬るように相手の一撃をたたくこともできる。

それにしてもできるやつだ。内心で山本の腕を認めていた。だが、おれは負けぬという自信が勘次郎にはある。

齢《よわい》四十五になったが、体も腕も衰えてはいない。相手は若いので勢いがあるが、負ける気はしなかった。

「さあーッ!」

誘うように気合いを発した。

「おりゃあーッ!」

山本も気合いを返してきた。道場にひびきわたる大音声であった。

じりじりと間合いを詰める。山本も摺《す》り足で詰めてくる。勘次郎は先に打つか、出方を見るかと、頭のなかで計算する。

隙を見出《みいだ》そうとするが、山本には隙がない。ならば、と自分の構えが有利にはたらくように右へまわる。山本はその場で剣尖《けんせん》を動かす。

道場はしーんと静まっている。見物をしている門弟たちは、みな揃《そろ》ったように息を呑《の》んで試合の成り行きを見守っている。

道場は正面に向かって右側は庭に面しており、縁側がある。午後の光がそちらから道場を照らしている。鶯《うぐいす》がさえずれば、目白の鳴き声もする。かすかに匂う梅の香が風に運ばれてくる。

「さあーッ！」

勘次郎はもう一度気合いを発した。鳥たちがそのことで鳴きやんだ。

トントンと、山本が出てきた。打ってくる。面を狙っている。足の運びを見た勘次郎は、正面を狙わず山本の左面を狙って先に打ち込んだ。

かわされた。つぎの瞬間、小手打ちが飛んできた。払い落としてさっと下がる。

山本は構え直した。勘次郎は竹刀を正面に移し、右足を後ろに引く。前足は膝《ひざ》を柔軟に曲げる。馬庭念流の「無構え」である。

見た目の形は悪いが、右足を蹴《け》れば、一瞬にして相手の懐に飛び込める。突き技も上段からの打ち込みも可能だ。案の定、山本の目が訝《いぶか》しそうに動いた。

（いまだ）

勘次郎は突きを送り込んだ。小さく突き、つづいて深く突く。だが、体を捻《ひね》ってかわされ、危うく小手を返されそうになった。

（これはいかぬ）

勘次郎は間合いを取り直すために下がった。背中に冷たい汗が流れていた。脇の下も汗でじっとり濡《ぬ》れている。頬にもつーっと冷たい汗がつたう。

山本の双眸《そうぼう》は獲物を狙う鷹《たか》のようだ。こんな若造に負けてなるかと、勘次郎はおのれを鼓舞して前に出た。

その瞬間だった。山本の足が動いた。

来ると予測して、打ち払うために竹刀を動かした。

「とーッ！」

山本の裂帛《れっぱく》の気合いが聞こえたと同時に、勘次郎の喉《のど》に衝撃があった。

大河は自分の竹刀を払おうとした勘次郎の動きを冷静に見ていた。その一瞬、隙ができたのも見逃さなかった。とっさの判断で、激烈な突きを見舞った。

たしかな手応えがあった直後、勘次郎の体は人形のように後ろへ飛び、縁側から体半分を庭に乗り出し、仰向《あおむ》けに倒れていた。

「あッ！」

勘次郎の門弟の口から驚きの声が漏れた。

誰もが口を半開きにし、尻を浮かしていた。

大河は竹刀を納めると、ゆっくり下がって一礼をし、

「手当てを。いまの突きにはたしかな手応えがあった」

と、門弟らに声をかけた。

その門弟たちは、あきらかに動揺の色を顔に浮かべていた。一人がやっと弾《はじ》かれたように立ち上がって勘次郎のそばに行くと、他の者たちも群がるように駆け寄っていった。

「先生」

「先生、しっかりしてください」

「大丈夫でございますか？」

門弟たちは口々に声をかけたが、勘次郎はすぐには意識を取り戻さなかった。

「いかん、先生を運ぶんだ」

一人の門弟が言うと、勘次郎を数人がかりで抱え上げ、そのまま道場奥にあるらしい母屋に運んでいった。

その間に大河は、道具を外して静かに座っていた。道場に残った門弟らが、大河を畏怖《いふ》するように見ていた。

しばらくして瀬戸口新左という若い門弟が戻ってきた。顔に苦渋の色を浮かべ、

大河の前に座ると、悔しそうに唇をへの字に曲げて口を開いた。

「わざわざご足労いただきありがとう存じます。先生はしばらく安静にされていますので、どうかお引き取り願います」

「十分な手応えがあった。大事に至らなければよいが……」

瀬戸口は親の敵でも見るような目を、大河に向けているだけだった。

「ならば、これで失礼つかまつる。稲村様によろしくお伝えくだされ」

大河はもう一言添え足して雲嶺館を去った。

表に出て歩くうちに、稲村勘次郎に勝ったという感動が胸の内にわいた。

武者修行での最初の試合に勝利したのだ。相手は界隈《かいわい》で名のある剣術家であり、忍藩松平家の剣術指南役だった。

（おれは勝ったのだ）

胸のうちで何度もつぶやき、勝利の喜びを噛みしめた。このことを真っ先に、重太郎や道三郎に伝えたいと思うが、それはかなわぬことだ。

宿場が近づくにつれ勝利したという興奮は静かに冷めていき、たった一度の試合に勝っただけで喜んではおれぬ、武者修行の旅ははじまったばかりだと、おのれを戒めた。

五

大河が武者修行に出て、最初の試合を終えたその日の夕刻、お玉ヶ池道場に不穏な空気が流れた。

「道三郎様、大変でございます」

道場で門弟らの指導に汗を流していた道三郎に、千葉家の母屋で下ばたらきをしている三蔵《さんぞう》がやってきてそう告げた。

「何かあったか？」

道三郎が稽古《けいこ》をつけていた門弟から離れて問うと、三蔵は何やら小難しい顔をして玄関の表まで出た。

普段にないことなので、道三郎は首をかしげて三蔵のそばへ行った。

「あの、先生が昼過ぎに横になられたのですが、そのまま熱を出されまして……」

「兄上が……熱を出していかがした？」

「声をかけても返事をなさいません」

「なんだと」

道三郎はそのまま母屋に駆け、玄関に飛び込んで廊下をドタバタと歩いた。奥の間から女中の粂《くめ》が出てきたので、

「粂、兄上の様子はどうなのだ？」

と、声をかけた。

粂は不安そうな顔を向けてきた。

「わたしにはよくわかりませんが、お眠りになったままです」

「医者は？」

「いま呼びに行っています」

道三郎はそのまま奥の間に入った。奇蘇太郎は夜具に横たわっていた。

「兄上、いかがされた？　兄上……」

声をかけて奇蘇太郎の頬を小さくたたいた。だが、反応がない。すやすやと寝ているが、目を覚まさない。それに顔が土気色をしている。

「兄上……聞こえますか？　聞こえるなら目を覚ましてください」

肩を揺すったが、やはり奇蘇太郎は目を覚まさなかった。

（いったいこれはどうしたことだ）

道三郎は枕許《まくらもと》に座ったまま兄奇蘇太郎の寝顔を眺めた。

今朝、顔を合わせたときは普段と変わりなかったし、午前中は道場にも出ていた。それなのに、急に倒れたというのはどういうことだ。もともと体は丈夫なほうではないが、まだ三十歳である。まさかとは思うが、いやな胸騒ぎを覚えた。

「いかがでございましょう」

粂が茶を持って戻ってきた。

「眠ったままだ。倒れる前に何か気づいたことはないか？」

粂は小さな目をまばたきさせて少し考え、

「道場からお戻りになったとき、激しく咳《せ》き込んでいらっしゃいました」

と、言った。

道三郎は深刻な顔でうなずいた。奇蘇太郎は暮れから咳《せき》がひどくなっていた。本人は風邪を引いたようだ、たいしたことはないと気丈であったが、道三郎はもしや労咳《ろうがい》ではないかと、ひそかに心配をしていた。

「血を吐いたりはしておらぬな」

道三郎は粂を振り返って聞いた。

「いいえ、そんなことは……」

粂がそう言ったとき玄関から声が聞こえてきた。早く上がってください、こちらですと、三蔵のうながす声がする。医者が来たようだ。

廊下に足音があり、薬箱を提げた医者があらわれた。

「倒れる前にひどく咳き込んでいたようです。朝はいつもと変わらなかったのですが……」

道三郎は簡単に奇蘇太郎の様子を医者に話した。

「どれ……」

医者は奇蘇太郎の脈を診、閉じている瞼《まぶた》を押し開けたり、胸をはだけ耳をつけたりした。

「いかがです？」

「心の臓はしっかり動いている。ただ、血色がよくないのが気にかかる。ひどい咳をしていたと言ったが、それはいつからだね」

「……半年ほど前から咳はよくしていましたが、当人はあまり気にしている様子もなく、稽古をつけるときも元気でした。ただ、暮れ頃からひどく咳き込むようになったのはたしかです」

「血を吐いてはおらぬだろうか？」

医者は真剣な目で道三郎を見、条と三蔵にも視線を向けた。誰も血を吐いたりはしていないはずだと言った。

「兄上」

障子にしがみつくようにして声をかけてきたのは、弟の多門四郎だった。

「どうなのです？」

「まだわからぬ」

道三郎は多門四郎に言ってから、医者に顔を向けた。

「まさか、労咳では……」

「なんとも言えぬ。肺を病んでいるだけかもしれぬし、咳気《がいけ》（気管支炎）ということもある。あるいは、風邪をこじらせているだけかも……」

医者が言葉を切ったのは、奇蘇太郎が目を開けたからだった。

「兄上……」

道三郎は奇蘇太郎をのぞき込んだ。

「いかがしたのだ？」

奇蘇太郎はまわりが聞きたいことを問うてきた。

「それはわたしが聞きたいことです。加減はいかがなのです？」

「ちょっと目眩《めまい》がしたのだ。気持ちが悪くなってな」

奇蘇太郎はそう答えるなり、げふぉげふぉと咳をした。

「熱はないようだから、とりあえず薬を出しておこう」

医者はそう言うと、その場で調合した薬をわたし、しばらくは安静にしておくようにと奇蘇太郎に注意を与えて帰っていった。

その医者を見送った道三郎は、弟の多門四郎を別の間に呼びつけて、

「水戸家に行き、このことを栄次郎兄さんに伝えてこい」

と、指図した。

多門四郎が家を出て行くと、道三郎は自分の寝間に入ってあれこれと思案をめぐらした。

不吉な予感ではあるが、兄の奇蘇太郎は長くないという思いがあった。もしものことになったら宗家を継ぐのは、次兄の栄次郎であるが、その栄次郎は別家として独立をしている。それでも兄栄次郎が宗家を継ぐなら、それに越したことはない。順番なら三男の自分が継がなければならないが、やはり栄次郎に相談するのが筋だ。それに宗家を継ぐとしても、自分はまだ若すぎると思っていた。

しかし、もしものときのことを考えておかなければならない。仮に奇蘇太郎が命を落としたならどうなるかと、考えたくないことを考えた。

最大の問題は、道場の経営と門弟の指導をいかにするかである。道場経営はさほど悩むことはないだろうが、指導者の不足が問題である。師範代になれる門弟はいるが、そのほとんどが大名家の勤番である。頼みにしていた大河は武者修行の旅に出ている。

（そうだ、大河はいまどこにいるのだ）

道三郎は庭のずっと向こうにある星空に視線を向けた。

六

同じ日の夜、雲嶺館の高弟五人は薄暗い道場に座り、深刻な顔をつき合わせていた。

「先生にもしものことがあったらいかがする」

憤った顔で仲間を眺めるのは、師範代を務めている最年長の犬飼辰蔵《いぬかいたつぞう》だった。

「そのときは……」

荒巻が言葉を呑《の》んだ。

「遠慮せずに申せ」

「そのときは敵を討たなければなりません」

荒巻の言葉に一同は納得顔でうなずいた。だが、犬飼は首を横に振った。

「気に入らないとおっしゃいますか……」

代稽古《だいげいこ》をつけられる腕を持つ須藤竹太郎《すどうたけたろう》が見てきた。

「よく考えろ。相手は玄武館の門弟だ。あの山本大河という男はまだ若かった。千葉一門には三千人、いや四千人の門弟がいると聞いている。その門弟らに、あの山本が先生に打ち勝ったことを吹聴したらどうなる？」

みんなは黙っていた。犬飼は言葉を足した。

「しかも、小松と荒巻は一撃で敗れている。荒巻に至っては泡を吹いて倒れたのだ」

小松と荒巻は恥ずかしそうに顔を伏せた。

「館主である先生ばかりでなく、雲嶺館の高弟を二人も倒した。稲村勘次郎はさほどの剣術家ではなかった。よくぞ忍藩松平家の指南役ができるものだと小馬鹿にされはしないか」

「そうだ。もしこのことが藩の知ることとなったらどうなる？」

はたと気づいたという顔で、須藤が全員を眺めた。

「指南役をやめさせられるのでは……」

小松が不安そうな顔をした。

「さよう。十分考えられることだ。そして、藩は北辰一刀流に乗り替えるかもしれない。そうなれば千葉道場の門弟を藩に呼ぶことになりはしないか。もし、それが山本大河であればどうなる？」

短い沈黙があった。

武者窓から月の光が射し込んでいて、床板に五人の影を作っていた。吹き込んでくる風が燭台《しょくだい》の炎を揺らした。

「当道場が大恥をかくばかりでなく、先生の信用と剣名が地に墜《お》ちるということになりはしないか」

犬飼が沈黙を破って口を開くと、一同はそうだというように深くうなずいた。

「ならば、いかがする？」

「もう一度山本を呼んで立ち合おうか」

色黒の藤崎《ふじさき》という男だった。この頃腕を上げてきた男だ。

「いや、それはどうでしょう。わたしは立ち合って負けましたが、やつの竹刀の速さは電光です。しかも激烈です。拙者はまだ頭がじんじんしております」

「それは拙者も同感。突かれた胸がじつは痛み熱を持っています。肋《あばら》を折られている気がします」

荒巻だった。情けないという顔で眉尻《まゆじり》を下げる。

「立ち合って勝てばよいが、もし負けるようなことになったら、もはやわしらの立つ瀬はないぞ」

「いかがするとおっしゃりたいので……」

須藤が見てきた。犬飼は短い間を置いて答えた。

「山本大河を押さえるしかない。やつがこの宿場を出る前に押さえて、思い知らせるのだ」

「まさか、斬ると……」

藤崎がゴクッと音をさせて唾《つば》を呑んだ。

「その腹づもりでやつと勝負をするのだ」

「どこで勝負を？　この道場に呼ぶのですか？」

犬飼は首を横に振った。

「ここではまずい。どこか人の邪魔の入らぬ場所がよい」

「勝負は犬飼さんがなさるおつもりで……」

　犬飼はまた首を横に振った。

「ここにいる者でケリをつける。相手は一人だ。恐れることはなかろう」

「しかし、山本が乗ってきますかね」

　須藤が懐疑的なことを口にした。

「山本は武者修行中の身だ。雲嶺館の三羽烏《さんばがらす》が、あらためて勝負をしたいと言えば断りはすまい」

　雲嶺館の三羽烏――それは、犬飼と須藤竹太郎、藤崎征五《せいご》郎《ろう》だった。

「然《しか》るべきところに山本を呼び出し、そこで決着をつける。山本次第では刀を抜いても構わぬ。いや、そのつもりでいてもらおう。さようなことでいかがだ」

　犬飼はゆっくりと仲間を眺めた。

「わたしは異は立てませぬ」

　須藤が賛同の意を示すと、藤崎も荒巻も、そして小松も深くうなずいた。

　そこへ足音がしたので、みんなは母屋に通じる見所入り口に目を向けた。あらわれたのは内弟子の瀬戸口新左だった。

「先生の様子はどうだ？」

　新左は首を振って、あまりよくないとつぶやくように言った。

「新左、おぬしは山本大河がどこに泊まっているか知っていたな？」

「この地を出ていなければ、岡村屋という旅籠《はたご》にいるはずです」

犬飼は短く考えた。山本がこの道場を出て行ったのは、日の暮れ前であった。おそらく宿場を発《た》つのは、早くても明日の朝ではないだろうか。

「新左、使いを頼まれてくれ。これから山本にわたしてもらう書状を書く。それを持って岡村屋に行ってくれ」

「書状ですか……」

「わしらがあの男ともう一度立ち合うのだ」

瀬戸口新左はカッと目をみはった。

「ならば、わたしも立ち合いとうございます」

「よかろう。人は多いほうがよい」

そう言った犬飼は、大河への果たし状をしたためはじめた。

薄雲たなびく春月の浮かぶ夜のことであった。


（四巻へつづく）

本書は書き下ろしです。

大《たい》河《が》の剣《けん》（三）

稲《いな》葉《ば》 稔《みのる》

令和３年 ５月25日 初版発行

発行者●堀内大示

発行●株式会社KADOKAWA
〒102-8177 東京都千代田区富士見2-13-3
電話 0570-002-301（ナビダイヤル）

角川文庫 22682

印刷所●株式会社暁印刷
製本所●本間製本株式会社

表紙画●和田三造

●お問い合わせ
https://www.kadokawa.co.jp/（「お問い合わせ」へお進みください）
※内容によっては、お答えできない場合があります。
※サポートは日本国内のみとさせていただきます。
※Japanese text only

ISBN 978-4-04-111256-4 C0193

◇◇◇

角川文庫発刊に際して

角川源義

第二次世界大戦の敗北は、軍事力の敗北であった以上に、私たちの若い文化力の敗退であった。私たちの文化が戦争に対して如何に無力であり、単なるあだ花に過ぎなかったかを、私たちは身を以て体験し痛感した。西洋近代文化の摂取にとって、明治以後八十年の歳月は決して短かすぎたとは言えない。にもかかわらず、近代文化の伝統を確立し、自由な批判と柔軟な良識に富む文化層として自らを形成することに私たちは失敗して来た。そしてこれは、各層への文化の普及滲透を任務とする出版人の責任でもあった。

一九四五年以来、私たちは再び振出しに戻り、第一歩から踏み出すことを余儀なくされた。これは大きな不幸ではあるが、反面、これまでの混沌・未熟・歪曲の中にあった我が国の文化に秩序と確たる基礎を齎らすためには絶好の機会でもある。角川書店は、このような祖国の文化的危機にあたり、微力をも顧みず再建の礎石たるべき抱負と決意とをもって出発したが、ここに創立以来の念願を果すべく角川文庫を発刊する。これまで刊行されたあらゆる全集叢書文庫類の長所と短所とを検討し、古今東西の不朽の典籍を、良心的編集のもとに、廉価に、そして書架にふさわしい美本として、多くのひとびとに提供しようとする。しかし私たちは徒らに百科全書的な知識のジレッタントを作ることを目的とせず、あくまで祖国の文化に秩序と再建への道を示し、この文庫を角川書店の栄ある事業として、今後永久に継続発展せしめ、学芸と教養との殿堂として大成せんことを期したい。多くの読書子の愛情ある忠言と支持とによって、この希望と抱負とを完遂せしめられんことを願う。

一九四九年五月三日